उसी देहरी पर

उसी देहरी पर

उषाकिरण खान

सत्साहित्य प्रकाशन, दिल्ली

प्रकाशक : सत्साहित्य प्रकाशन,
694 (पहली मंजिल), चावड़ी बाजार, दिल्ली–110006
 / संस्करण : प्रथम, 2023 / मूल्य : तीन सौ पचास रुपए
मुद्रक : आर–टेक ऑफसेट प्रिंटर्स, दिल्ली ISBN 978-93-92573-23-1

USI DEHARI PAR *stories* by Smt. Usha Kiran Khan ₹ 350.00
Published by **SATSAHITYA PRAKASHAN**
694 (First Floor), Chawri Bazar, Delhi-110006

माँ **शकुंतला देवी**, सासू माँ **गंगा देवी**

तथा

काकी **अपराजिता देवी** को

जिनकी किस्सागोई ने मुझे तराशा।

भरसक तीनों के मिजाज की कथा है।

वसंत पंचमी, 2023

अनुक्रम

1.	हे पालनहारे!	9
2.	आवाजाही	18
3.	काले बादल बरस पड़े	23
4.	ग्रैंड रिहर्सल	30
5.	उसी देहरी पर	38
6.	तुम्हारा इंतजार है	47
7.	सुखासन	52
8.	औकात	60
9.	किसी नजर को तेरा इंतजार	70
10.	श्रीमन्नारायण–नारायण–नारायण	78
11.	वह एक नदी	84
12.	गली में	104
13.	सबित्तरी	113
14.	विवश विक्रमादित्य	121
15.	हम नहीं सुधरेंगे!	131
16.	विडंबना	134
17.	सफेद पुतली	138

1

हे पालनहारे!

"ऐ घैलावाली?" छोकरे आवाज देते और भाग लेते। घेघही खुलकर हँसती। उसकी अम्माँ साथ रहती, जो लाठी टेकती दुहरी होती चलती। वैसी ही झुकी-झुकी सरपट दौड़ती लड़कों के पीछे लाठी लेकर, लड़के पखेरू से उड़ जाते। अम्माँ गालियाँ निकालती लाठी उनकी ओर फेंकती। लाठी कभी उन्हें नहीं लगती। घेघही खूब ताली पीट-पीटकर हँसती, "नहीं लगी, नहीं लगी, किसी को लाठी नहीं लगी।" वह गों-गों कर अस्पष्ट जुबान में बोलती और हँसती जाती। तब तक, जब तक खिसियाई बिल्ली सी अम्माँ आकर एक हलकी लाठी न मार देती। लाठी खाकर वह अम्माँ से सीखी हुई चुनिंदा गालियाँ उसे ही सुनाने लगती और चिल्ला-चिल्लाकर रोती। तब अम्माँ कहती, "हो गया तेरा रोना-धोना, चल आज डॉक्टर बाबू के घर हमारी पारी है।" अम्माँ तेजी से डग बढ़ाने लगती। वह भी कूद-कूदकर चलती। डॉक्टर बाबू होमियोपैथ थे, खेती अच्छी थी। सम्मिलित बड़ा सा परिवार था। घर में बूढ़ी दादी खासी कड़क थीं, पर माँगनेवालों पर उनकी दया बरसती रहती। सबसे पहले ये उन्हीं के पास बैठतीं।

दादी कहतीं, "आ गई? लग तो ऐसा रहा है कि मानो बैल की तरह खेत जोतकर आई है। कमासुत कहीं की!" अम्माँ लाठी रख दूर से ही सिर झुका उन्हें प्रणाम करती। घेघही खिल-खिलकर हँसती रहती। दादी बहुओं को आवाज देती। वह इन्हें पेट भर दाल, चावल, सब्जी और अचार देने को

कहतीं। बहुएँ चिढ़तीं और कुछ-कुछ पत्तल पर परोस देतीं। डॉक्टर बाबू की बीबी थोड़ी अलग स्वभाव की थीं। वे इन्हें अपने झोलें से कटोरा निकालने को कहतीं। अम्माँ कंधे में टँगे कपड़ों से बाँधकर बनाए गए झोले से पिचकी थाली और कटोरा निकालती। डॉक्टर बाबू की मलकीनी दो ढेला भात, प्रचुर मूँग की दाल, कोहँड़े की हींग से बघारी सब्जी और अचार की फाँक देती। दोनों माँ-बेटी तृप्त होकर खातीं। इसके एवज में मलकीनी अपनी प्रशंसा और गाँव की दूसरी औरतों की शिकायत बड़े चाव से सुनती। मलकीनी को परनिंदा रस का चस्का लगा था, जिसे अम्माँ समझ गई थी। दोनों स्त्रियाँ अलग स्थितियों की, अलग परिवेश की एक-दूसरे से देर तक सहेलियों सी बतियाती रहतीं। उनकी दोनों देवरानी कुढ़ती रहतीं।

"ऊँह, दीदी को भी उस लेलही से क्या लगाव है, वो ही जानें।" मँझली कहती।

"सीताराम सीताराम।" छोटकी भौंहें चढ़ाकर ही कहती, "यह सीताराम भी कई अवसरों पर अनेक भाव प्रकट करने के सटीक गुहार हैं। नाराज होकर कहो, खुशी से कहो, भक्तिभाव से कहो या व्यंग्य से कहो।" यहाँ व्यांग की प्रधानता रहती। खाकर ये चापाकल पर पानी पीने गईं। थाली-कटोरा मल-मलकर धोया और उसी में भरकर पानी पीने लगी।

दादी ने बहू को बुलाकर कहा, "यह घेघही बड़ी हो रही है। साड़ी का आँचल ठीक से नहीं लेती। एक ब्लाउज पुराना-धुराना बेटी लोगों का है तो दे दो। किसी भी औरत की लाज उघार न हो।" इतने पर ही अम्माँ की सूखी आँखों में बादल उमड़ आए। लाठी टेकती वह हक्का धारा के किनारे जा बैठी थककर। वह लंबी-लंबी साँस ले रही थी। घेघही ने कुछ न देखा। वह उछलती हुई आगे चलती जा रही थी। अम्माँ आवाज देनेवाली थी कि पीछे मुड़कर खुद घेघही ने देख लिया। अरे अम्माँ तो वहीं बैठ गई है। वह अपनी नई छींटदार ब्लाउज को निहारती, उछलती-कूदती आगे निकल आई थी। थोड़ी देर खड़ी वह अम्माँ की ओर देखती रही कि वह उठकर आएँगी। शाम ढल रही थी, उसे ठिकाने पर जाना था। अम्माँ की ओर से उठने का कोई संकेत इसे नहीं मिला। तब दौड़कर आ गई। धप्प से बैठ गई।

"साँझ तो हो गई है। थक गई हूँ। क्यों न यहीं कुछ खा पी लें, तब चलकर सो जाएँ।" अम्माँ ने कहा और पोटली निकालने लगी, जिसमें रोटी और अचार था। आते समय सबकी नजर से छुपाकर छह मोटी रोटियाँ डॉक्टरनी ने दे दी थीं। दिन भर बड़े से आँगन की सफाई और लिपाई किया था दोनों ने। कातर भाव से देखा था उसने।

"अम्माँ, दो रोटी कल के लिए रख लूँ?" गों-गों कर घेघही ने कहा।

"रखकर क्या होगा? देखा नहीं उस दिन कुत्ते ने खींचकर खा लिया था?" उदास भाव से कहा था।

"हाँ!" आँखें मटकाईं घेघही ने। धीरे-धीरे कर तीन तीन रोटी खा, नदी से पानी पी दोनों अपने ठिकाने पर आ गईं। झोला सिर के नीचे डाल अम्माँ लेट गई। जो दूसरों के घर आँगन को शीशे की भाँति लीप-पोतकर चमका देती है, वह स्वयं पपीते के सूखे पत्तों का अनगढ़ बिछौना बिछाकर सोई है। घेघही ने गों-गों कर अम्माँ से कुछ कहा। अम्माँ औंधे लेट गई, वह उसकी पीठ पर चढ़कर चलने लगी। धीमे-धीमे कराहती कब उसकी आँख लग गई, पता न चला। घेघही के कानों में तभी चप-चप की आवाज पड़ी, वह अम्माँ की पीठ से उतर इधर-उधर ताकने लगी। देखा गाँव के सिमान के घर से अलौंत ब्याई गैया अपनी रस्सी खोल बाग में आ गई है। पपीते पर थूथन मार गिरा लिया है और अधपके पपीते खा रही है। यह आगे बढ़ी गैया को पकड़कर उसके बथान पर ले जाने को हुई, फिर याद आया कि बगान मालिक ने पिछली बार इसे ही पपीता चोर कहकर लात-घूँसों से मार-मारकर बेहोश कर दिया था; यह सहम गई। आकर अम्माँ से सटकर सो गई, कब गैया चली गई, इसे पता भी न चला।

सुबह-सुबह बगीचे के मालिक ने अम्माँ को उलाहना दिया कि गाय ने आकर पपीतों के कई पेड़ों को तहस-नहस कर दिया, वह घोड़ा बेचकर सोती रही। अम्माँ ने चुपचाप सब सुन लिया। अपने मायके में चाचा-चाची का घर-आँगन बुहारती-लीपती, हवेली में बुहारती-लीपती। जो कुछ वहाँ मालकिन खाने-पीने को देती, उसके अलावे वह कुछ न खाती। चाची की

गाली और चाचा की लात ही भोजन था। शादी के बाद तो स्थिति बदतर हो गई। गँजेड़ी खटिक नशे में धुत्त रहता। इसे खस्सी-पाठा की तरह जिबह करने को सतत तैयार। इसी के सामने पड़ोसन से संबंध बनाता, यह सहती रहती। तकलीफ इसे समझ आता या नहीं, यह भी नहीं मालूम। इसने अपने दिल-दिमाग सारे बंद कर रखे थे। घर के अलावे भी कुछ होता है, इसे नहीं मालूम था। पर जिस दिन इसे लात मारकर निकाल दिया गया, उस दिन सूखे पत्ते की तरह इधर-उधर उड़ने लगी। पछाड़ खाकर गिरती-पड़ती यहाँ ठौर लग गई। तब तक कितनी बार जबरदस्ती का शिकार हुई, नहीं मालूम। जाने किसका बूँद है यह घेघही! पर जब पेट में चलने लगी, तब बड़ा स्नेह उपजा मन में। अपने पेट को स्नेह से सहलाती। असीम पीड़ा और अकेली बच्चे जनती अम्माँ इसे पाकर निहाल हो गई थी। पीड़ा की पुकार सुन दगड़िन दौड़ी आई थी, उसी ने नाल छीला था। अपने एकचारी छप्पर के नीचे रखा था। गुड़-सोंठ खिलाया था। जब तक बुढ़िया रही, यह उनकी शरण में मात्र रात को सिर छुपाने को थी, फिर उसकी बहू ने निकाल बाहर कर दिया। घेघही पाँच-छह साल की हो गई थी। इसके परिश्रम तथा चुप रहने के स्वभाव से परिचित पपीते के बाग के मालिक ने एक कोने पर रहने को दे दिया। आज डॉक्टरनी ने बड़ी होती घेघही को ब्लाउज दिया। कैसी खुश है इसकी लाड़ली!

पर यह बड़ी हो रही है, जवान हो रही है। इसे कैसे बचाएगी? बोलने-समझने वाली खुद ही यह क्या अपने आपको बचा पाई कभी? कैसे भूखे भेड़िए होते हैं मर्द, न रंग से मतलब, न गंध से, न सफाई से, न शृंगार से। उनके सामने औरत एक देह है बस! देह मांस का लोथड़ा मगरमच्छों के सामने मानो। अपनी पीड़ा, अपना दु:ख सह ले। अम्माँ बेटी के संभावित दु:ख-पीड़ा की कल्पना से सिहर उठती है। कहीं कोई सूरत नजर नहीं आती। विकलांग बेटी, आधे दिमाग की बेटी जवान हो रही है, उसका शरीर भर रहा है, यह क्या करे? मासिक स्त्राव का समय आ गया था, क्या होगा इसका? छोकरे शोहदे हैं। सीधे आँखें निकालकर देखते।

डॉक्टरनी ब्लाउज लाकर देतीं और ढीले होने के नाते गाँठ लगाकर पहनना इशारे से समझातीं। घेघही और उसकी अम्माँ सरपट चलती अपने घर ठिकाने आतीं। घर क्या था, पपीते के बगीचे में खरपतवार से बनाया छाया गया एक स्थान। सामान उसके साथ ही रहता। तन ढँकने का वस्त्र तभी खुलता, जब वह फटकर चीथड़ा हो जाता और कोई उसे एक पुरानी धोती या लुग्गा दे जाता। जिस दिन मिलता, जाकर चिकनी माटी से मल-मलकर वह नहा-धोकर अपेक्षाकृत साफ लुग्गा पहनती, अपने आप को स्वर्ग की परी समझती। नहाकर उसका रंग निखर आता। अम्माँ गोरी-चिट्टी थी, उसके घुँघराले बाल सुनहरे थे। आँखें शहद के रंग की थीं। नहा-धोकर, मोटे कंधे से केश सुलझाकर वह साफ साड़ी में हवेलीदार स्त्री जैसी दीखती थी। उसके कहीं कोई न था, बस वही घेघही बेटी थी। अम्माँ के भी छोटा सा घेघा था। बेटी बोल भी नहीं पाती तथा बड़ा सा घेघा था। गोरी-चिट्टी वह भी थी, पर नासमझ थी। जैसे-जैसे बड़ी होती जा रही थी, वैसे-वैसे रूप निखर रहा था। अम्माँ उसे घेरे रहती। वह चिड़िया की तरह डैनों में इसे छुपाना चाहती। वह भी जानती थी कि बेसहारा स्त्री एक मिट्टी के ढेले सी होती है, जिसे जो चाहे, पैरों से लुढ़काता रहे, तब तक, जब तक वह टूट-टूटकर सड़क की धूल न बन जाए। अम्माँ बिन माँ-बाप की बच्ची थी, जिसे चाचा-चाची ने पाला था। एक उम्रदार खटिक से शादी कर दी। खटिक बहुत निर्मम था। उसने इससे घर से लेकर खेत तक का काम लिया, अपनी हवस पूरी की और जब-तब धुनकर पीटा। एक दिन उसने देखा, इसके घेघा निकल आया है, उस दिन इसे लात मारकर घर से निकाल दिया और तीसरी औरत ले आया। उसकी पहली बीवी उसकी मार-कुटाई से डरकर भाग गई थी, दूसरी यही थी। कहाँ जाती यह ? कोई घर ठिकाना न था। माँगकर पेट भरती सुदूर देहात में निकल आई। हसी पपीते के बागीचे में इस बच्ची को जन्म दिया। गोरी-चिट्टी सुंदर बच्ची देख यह जीने लगी, पर पाँच साल की होते-न-होते पता चल गया कि यह ठीक से बोल नहीं सकती। दस की होते-होते घेघा निकल आया। जन्म से ही अक्ल की मारी हुई थी। अम्माँ थी बेसहारा;

इसकी सहारा यही बेटी थी। ऊपर वाले ने भाग्य की स्लेट साफ रखी, सपाट बिल्कुल। अब डर भी गई है। शोहदों की नजर पड़ गई थी। एक दिन दो लड़कों को इसने लाठी का भय दिखाया था, "क्या उसके पास सटकर बैठे हो, भागो!" अम्माँ ने लाठी उठाई।

"ऐ बुढ़िया, अब हम बुतरू नहीं है कि लाठी से दौड़ाती थी। चाँप देंगे गला।" सहम गई अम्माँ। कहाँ जाए घेघही बेटी को लेकर? एक दिन वह रो-रोकर दादी और डॉक्टरनी के पास रोई-गाई। सारा दुखड़ा सुनाया और कहीं पास में रहने की छोटी सी जगह माँगी।

"तुम यहीं आज हमारे भूसेवाले घर के बरामदे पर सो जाओ, कल डॉक्टर बेटा हमारा दरभंगा से आ जाएगा। तब कोई कोना दिलवा देंगे।" दोनों माँ-बेटी बड़े से भूसे गोयठे वाले छप्पर के कोने में एक टूटी चटाई पर सो गईं। शायद जीवन में पहली बार निरापद सोईं। न कोई गिलहरी देह पर से भागी, न नेवला, न कुत्ता बगलगीर हुआ, न कीड़ा-मकोड़ा चढ़ा। किसी गुंडे-बदमाश का डर भी नहीं था। घर की बहुएँ उठीं, तब देखा कि अम्माँ दीदी अम्माँ का विशाल आँगन बुहारकर गोबर मिट्टी से लीप रही हैं। बहुओं को यह तो अच्छा ही लगा, लेकिन उसका रहना गवारा न था। दोनों बहुओं ने अपने-अपने पति के कान भरे कि इन्हें यहाँ न रहने दें, परंतु दोनों भाई अपनी माँ की बात काट नहीं सकते। डॉक्टर साहब आए तो भाइयों ने शिकायत की, परंतु माँ ने ऊँच-नीच समझाया, उपकार का मर्म बताया, डॉक्टर साहब ने भाइयों को कहा, "जाने दो, माँ चाहती है तो रहने दो। भूसे के कोने से लगाकर एक एकचारी गिरा दो, पड़ी रहेंगी वो। डॉक्टर बाबू अकसर बाहर जाते रहते। बड़ी बहू मायके गई थी। उसी अवसर पर छोटी बहुओं ने धमकाकर उन्हें भगा दिया। हिदायत दी कि वो इस इलाके में भी न दिखाई पड़े।

दादी उसके सूने घर को देखकर विह्वल हो गईं। पूछा बहुओं से कि कहाँ हैं वे माँ बेटी?

"बाँधकर रहनेवाली तो नहीं दिखाई पड़ती थी माँजी।" मँझली बहू ने कहा।

"किसी को पता है कि कहाँ से आई थी? कौन है? भूत-प्रेत है कि जिन्न है?" छोटी थी।

"ऐसे लोगों की छाया से भी दूर रहना चाहिए।"

"सुबह-सुबह उन अशुभ लोगों पर दृष्टि पड़ जाती थी। दिन खराब हो जाता था।"

"क्या हुआ तुम लोगों के दिन को?" माँजी ने तल्ख होकर कहा।

"दिन दूनी-रात चौगुनी मोटी होती जाती हो। मेरे आँगन में दूब, मोथा उग आया है। मच्छड़ रहता है। वह थी तो साफ-सफाई करती थी। हर दिन गोबर से आँगन लीप देती थी।" माँजी ने कहा।

"ऊँह, थाली भर-भर दाल-भात, अचार की राई खाकर लाल मुँगबा हो गई।" मँझली ने कहा।

"माँजी, हर तीसरे दिन लगमावाली दाई को कहकर आँगन साफ करवा लीजिए। मंजूरी देने को आपके बेटे तैयार ही हैं।" छोटी ने कहा।

"कितने कुत्ते-बिल्ली पलते हैं तुम्हारे घर के अन्न पर। चील-कौए खा जाते हैं, खेतों में चिड़िया, जानवर खा जाते हैं। हम जानते हैं कि उनके पास हल-बैल नहीं है, वे हमारे परिश्रम का फल ही आहार के रूप में लेंगे। समझो कि यह भी एक वैसा ही प्राणी है।" देर तक दादी बड़बड़ाती रहीं। दोनों मँझली और छोटी निर्मम बहुओं की कान पर जूँ न रेंगी। विशाल परिसर के कोने में बनी छोटी सी झोंपड़ी को नुचवाकर मवेशियों के घर में घूँटा लगा लिया। झोपड़ी के पहले सिरे पर कहीं से लाकर घेघही ने फूल का बीज बो दिया था। उस बीज का अँखुआना, पौधा निकलना देख घेघही ताली पीटकर हँसी थी। दादी को भी अपनी जुबान में समझाने की कोशिश कर रही थी। इस गाँव और इस घर में तुलसी चौरा और उसपर साँझ का दीप जलाते देख इसे अच्छा लगता। सुबह नया और अजूबा लगता। अम्माँ ने गाँव-घर देखा था, संबंध देखे थे, शादी हुई थी, गृहस्थी भोगा था। घेघही ने पपीते के पेड़ के नीचे का सुख-दुःख जाना था। उसे एक मुकम्मल गाँव और घर देखने को मिला था। मालकिनों के लिए मिट्टी लाती, गूँधकर देती। वे छोटे-छोटे दीपक बनाते,

बाती बँटती और साँझ को दीपक जला देतीं। यह सब देख चुपके-चुपके घेघही ने कहीं से तुलसी का पौधा ला रोपा। मिट्टी का छोटो सा चैकोर पीड़ी बना लिया। दादी से पैर मालिश करनेवाला सरसों का तेल माँगा और दीपक जला लिया। अपने कोने को जगमग देखा ताली पीट-पीटकर हँसती रही थी घेघही। अम्माँ ने देखा तो कहा, "चुपचाप रहो, कहीं छोटी बहूजी देखेंगी तो खाना नहीं देंगी।" वह डर गई थी।

इन्हें घर से निकालने के बाद कामगारों ने छोटी के कहने से छप्पर उठा लिया, किनारे वाली टाट भी उठा ली। अचानक नजर गई कोने की ओर, जहाँ छोटी सी लहलहाती तुलसी का चौरा था, निकट ही लुढ़के कई बुझे दीप थे। संझा फूल गुलाबी, पीला, लाल खिलकर भकरार हो गए थे। समद ने लखन की ओर देखा। कहा लखन ने, "क्या देख रहे हो? छप्पर हटाने और धूरे में जलाने का औडर मिला है। वही करें।"

"हाँ भाई।" समद और लखन पौधों को बचाकर काम कर रहा था। दोनों मौन थे। जाने क्या सोच रहे थे। संभव है, सोच रहा हो कि शौक और भावना किसी में भी हो सकता है। आस्था कहीं भी पनप जाती है। जो नहीं है, उसका गिला नहीं, जिसकी कामना की, वह मिला नहीं।

बड़ी आई तो नजारा देख दंग रह गई। माँजी का आँगन-घर जंगल हो गया था। उसे समझ में बात आ गई कि उन्हें उन अनाथ स्त्रियों को घर में रखने की सजा दी जा रही है। सच है, जब तक अपना इकबाल बुलंद रहता है, कोई आँख तक नहीं मिला सकता है। पर औकात घटते ही पत्ते भी हवा देने लगते हैं। पर वह चुप रही। जब माँजी की बात नहीं सुनी गई तो यह किस खेत की मूली है?

'ओह, कहाँ गई होगी बेचारी? उसकी जवान बेटी कैसी होगी?' बड़ी सोचती, घर से निकाल दिया कम-से-कम आने-जाने तो देती। लखन और समद थसियारे से पूछा भी कि कहीं देखा उनको? पर उन्होंने कहा, शायद इलाका छोड़कर कहीं चले गए।'

"आप तो देर-सबेर दरभंगा जाकर रहेंगी। भाईजी ने घर बना ही लिया

है, मरीज भी बैठकर देखने लगे हैं। दोनों बेटे विदेश चले गए। मेरे बच्चे अभी होस्टल में रहकर पढ़ रहे हैं। क्या जाने किसी लायक होंगे कि नहीं! अपने बाप की तरह यहीं खेत में करम कूटेंगे। गाँव-समाज उन आवारा औरतों के आने-जाने पर हमें ही तो बुरा कहेगा?" मँझली ने कहा।

"हुँह, ये और माँजी को लगता है हमलोग दुनिया के सबसे बड़े पापी हैं। उस सबका पाप नहीं दिखाई पड़ता है। अब ऊपरवाला अंगमंग कर दिया तो हम क्या करें? हम ही घेघा साटा दिए क्या?" छोटी ने अधिक जली-कटी सुनाई।

सदा की कड़क सास चुपचाप दोनों की बातें सुनकर रह गई, बड़ी बहू कर ही क्या सकती थी? वह अकेली पड़ गई थी। घर के पुरुषों को इन मामलों में दखल देने की आदत ही नहीं रही कभी। पहले माँ की सुनते, अब बीवियों की सुनते हैं।

कुछ ही दिन बीते होंगे तो एक दिन घेघही फटेहाल विपन्न सी दादी के सामने आ खड़ी हुई। अपनी भाषा में समझा दिया कि अम्माँ को किसी ने पीट-पीटकर मार डाला और उससे जबरदस्ती की। अपना पेट दिखाया। वह साफ-साफ गर्भवती थी। बड़ी बहू ने उसे खाने को दिया, उसने खाकर पानी पीया ही था कि मँझली और छोटी ने उसे धक्के देकर गाँव के सिमान पर छोड़ दिया। माँजी तथा बड़ी बहू हक्की-बक्की! दूसरे दिन खबर मिली कि घेघही को किसी ने सिर पर मारकर हत्या कर दी। वहीं एक नवजात भी मृत पड़ा था। जिसे कुत्ते नोंच रहे थे। आकाश से धरती तक चील और गिद्ध मँडरा रहे थे। माँजी ने अपने दोनों सूखे हाथ ऊपर उठाए—"हे शिवशंकर! कहाँ हैं आप? तीसरा नेत्र नहीं खुला अबतक? हे ब्रह्मा! कैसे इतने प्रकार की सृष्टि रच लेते हैं आप? हे पालनहारे! आपका न्याय तो आप ही समझेंगे प्रभु! पर मुझे ले चलिए, अब जीने का मन नहीं है।"

□

2

आवाजाही

लाइन में लगते सुबोध ने इत्मीनान की साँस ली। अंत भला तो सब भला! पूजा समाप्त होते ही अम्माँ के पैर छू निकलने ही लगा था कि आँखों में आँसू भरे बहन रानी एक दीप लेकर सामने खड़ी हो गई। खीझ से भर उठा। 'अब क्या है ?' मन-ही-मन बोला।

"भइया, नजर उतार लेने दीजिए। आज ही श्राद्ध संपन्न हुआ, अभी आप यात्रा पर निकल रहे हैं।" मुट्ठी में मिरचा और राई लिये नजर 'उतार' रही थी। धूपदानी की 'आग' में सब झोंक दिया, तिलक कर पैर छू लिये थे सुबोध के। दीवान पर छोटकू प्रबोध धीर-गंभीर बना बैठा था। सुबोध ने दूर से उसे 'बाय' किया और ओला पर बैठकर चला गया। प्रबोध चुपचाप उसे जाता देखता रहा। पापा आई.सी.यू. में थे। प्रबोध और रानी लगातार उनके पास थे, पर उनकी निगाहें अपने बड़े पुत्र सुबोध को देखने के लिए व्याकुल थीं। प्रबोध ने जब सुबोध से यह कहा तो वह झुंझलाया, "तुम सबों की चोचलेबाजी में मेरा नया प्रोजेक्ट हाथ से गया। वीडियो कॉल करूँगा आज पापा को, तुम सब रहना, हाँ, अम्माँ को भी साथ रखना।"

वही पापा के संग गया। बुझती आँखों में पहचान भर उभरी, चमक नहीं। अम्माँ ने पलकें नहीं उठाईं, आँसुओं में डूबी पलकें भारी थीं। दूसरी सुबह पापा नहीं रहे। सुबोध के कर्तव्यबोध जाग्रत् हुए और वह पिता को मुखाग्नि देने पहुँच गया। अम्माँ ने लंबी साँस ली। परिवार ने प्रशंसा की नजरों से देखा। पर

इलेक्ट्रिक क्रेमेटोरियम से आते ही उसने पंडितजी को तलब किया।

"परसों श्राद्ध-हवन का प्रबंध करिए, पंडितजी।" सब चौंक गए। पंडितजी नहीं चौंके। अम्माँ चुपचाप उठकर कमरे में चली गईं। छोटी बहन भाई के पास आकर बोली, "भैया, ऐसा कहीं होता है? श्राद्ध तो पूरे विधि-विधान से तेरह दिनों…।"

"मुझे उपदेश न दो, अब कोई ऐसा नहीं करता। जो तुम जैसे कूढ़मगज होते हैं, वे ही समय बरबाद करते हैं।"

"ठीक ही कहा सुबोध बाबू ने, आजकल तीन दिनों का श्राद्ध हो रहा है।" पंडित ने कहा।

"अम्माँ से पूछिए पंडितजी, वे हैं अभी।" बेटी बोली।

"दीदी, तुम क्यों हलकान हो रही हो, भैया जो चाहते हैं, करने दो! अम्माँ कुछ न कहेंगी।" प्रबोध ने कहा।

बहन चुपचाप उठकर चली गई। पलंग पर अम्माँ लेटी थी। वह उसे पकड़ रोने लगी। अम्माँ उसका सिर और पीठ सहलाती रही।

"सुबोध को अच्छे पब्लिक स्कूल में पढ़ाने के लिए पिता ने क्या कुछ नहीं किया। दफ्तर से आने के बाद कोचिंग सेंटर में क्लास लेते, अम्माँ स्वेटर बुनकर रुपए कमाती। खाने-पीने का विशेष खयाल रखा जाता। सुबोध जहीन लड़का था। पढ़ाई में अव्वल आता, पिता अतिरिक्त उत्साह से भर जाते। लाखों सॉफ्टवेयर इंजीनियर हो गए तो हो गए, सुबोध बाबू का इंजीनियर बनना पिता के लिए अतिरिक्त उछाह का विषय हो गया। बेटी और प्रबोध सरकारी स्कूल और कॉलेज में पढ़कर संतुष्ट थे। बी-कॉम पास करते ही बिटिया ने बैंक की परीक्षा दी और एकाउंटेंट की नौकरी पा ली। प्रबोध अखबार में रिपोर्टर हो गए। सुबोध अपनी कंपनी की ओर से अमेरिका चले गए। वहीं एक सहकर्मी के प्रेमजाल में फँसकर शादी कर ली। शादी के बाद पिता को खबर की। पिता को सदमा लगा। उन्होंने बिटिया की शादी के लिए उनसे कह रखा था, अब खुद शादी कर एक गृहस्थी शुरू करने का रोना रोने लगे सुबोध। शादी सुबोध की हुई, पल भर में मातम सा छा गया।

बेटी रानी ने छोटे बेपरवाह भाई प्रबोध को बैठकर संजीदगी से कहा था, "मेरी शादी की फिक्र न करो। एक सहकर्मी मुझसे विवाह करना चाहता है।"

"लड़का तैयार है, पर खर्च तो होगा, दीदी!" प्रबोध कहा।

"हम मंदिर में शादी करेंगे। रजिस्ट्री करा लेंगे।"

"यह सब तय कर चुकी हो?" प्रबोध हँसा।

"नहीं, पर ऐसा हो सकता है, पापा यदि मान लें। अम्माँ को मैं मना लूँगी।"

"पापा क्यों नहीं मानेंगे?"

"उन्हें परंपरा की चिंता रहती है और वह लड़का हमारा स्वजातीय नहीं है।" रानी ने सपाट ढंग से कहा।

"यही लोचा है।" प्रबोध हँसा।

रानी ने अम्माँ को तथा अम्माँ ने पापा को मना लिया। रानी की शादी आलोक से हो गई। रानी आलोक के फ्लैट में चली गई। प्रबोध ने एक बढ़िया पार्टी देकर कर्तव्य पूरा कर दिया। आलोक के व्यवहार से पापा-अम्माँ खुश रहते। रानी की बेटी सदा नाना-नानी के घर को गुलजार करते। प्रबोध की शादी अपनी पसंद की लड़की से पापा ने की। बहू उनके दिवंगत मित्र की बेटी थी। अब घर में बच्चे थे। बुजुर्गवार संतुष्ट।

महीने में एक बार सुबोध रुटीन की तरह वीडियो कॉल करता। वीडियो में ही सबों ने एक-दूसरे को देखा, बच्चों को देखा। रानी पापा का उत्सुक चेहरा देख भाई से आग्रह करती एक बार आने को। सुबोध सपरिवार एक बार आया। उसकी अमेरिका में पली-बढ़ी बिहारी बीबी घर में न रहकर पाँच सितारा होटल में ही रह गई। सुबोध ने पापा-अम्माँ को वजह समझा दी। जब बीवी-बेटा आए तो अलग-थलग बैठे रहे। सबों के लिए छोटे-मोटे गिफ्ट लेकर आए थे। अम्माँ और प्रबोध ने भी गिफ्ट दिए, पापा बुझ से गए थे, फिर भी पुत्र सुबोध को देखकर क्षणांश ही सही, वे गर्व से भर जाया करते। वे चाहते थे कि सुबोध को बताएँ कि रानी तथा सुबोध ने कैसे इनका जीना आसान कर रखा है। सुबोध अचीन्हा सा बना रहा। वह अजनबी सा व्यवहार

करता रहा। आहत पापा को अम्माँ ने याद दिलाया कि वह छुटपन से ऐसा ही था, तब उसके सारे नखरे पूरे किए जाते रहे, रानी और सुबोध की उपेक्षा कर उसे विशेष मानते रहे। वह अधिक प्रतिभासंपन्न था तो सारी सुविधा भी उसी को दी गई। आज भी वह अपने आप को विशिष्ट मान रहा है, तो नया क्या है?

रिटायरमेंट के बाद सरकारी क्वार्टर छोड़ना पड़ेगा। चुपके-चुपके पापा सस्ता घर देख रहे थे, किराए दे सकने लायक। विभाग से तीन महीना समय मिलता है आवास खाली करने के लिए, लेकिन जिस दिन पापा ब्रीफकेस, छाता तथा फूलगेंदे की माला पहने घर में पहुँचे, उसी दिन प्रबोध और बहू ने नए फ्लैट की चाभी थमाई। बेटी ने आरती उतारी, दामाद ने चरण गहे। अम्माँ सोफे पर बैठी मंद-मंद मुसकरा रही थीं। पहली बार पापा ने अपने छोटे बेटे को गले लगाया और गर्वित हुए। बहू बैंक में मुलाजिम थी, बेटा अंग्रेजी अखबार का रिपोर्टर था। कॉम्बीनेशन ठीक था। घर लेने, लोन लेने में आसानी हुई। नए घर में शीघ्र ही चले गए। एक ही अपार्टमेंट में फ्लैट रहने के कारण रानी बेटी मानो घर में ही थी। जीवन सहज ढंग से ही बीत रहा था कि पापा बीमार पड़ गए। लीवर की बीमारी हो गई। जानलेवा है, सब जानते थे, फिर भी कोई कोर-कसर न छोड़ी। पापा जैसे-जैसे मृत्यु के निकट जा रहे थे, मानो सुबोध के निकट जा रहे थे। वीडियो कॉन्फ्रेंस में उन्हें बुलाते। कहते कि "मैं तुम्हारा इंतजार कर रहा हूँ। तुम मेरे बड़े बेटे हो, तुम ही मुखाग्नि दोगे।"

जाने कैसे सुबेध ने पिता की अंतिम इच्छा का मान रखा। जाते-जाते अम्माँ के पास अटका।

"जाते ही बात करूँगा माँ। फ्रिक रहेगी।"

"मेरी चिंता न करना। मेरी ओर से कोई बंधन भी महसूस न करना बेटे। मेरा आशीर्वाद है।" अम्माँ ने हाथ से उसका सर सहलाया। टैक्सी तक पंडितजी गए। द्रव्यलाभ हुआ। लौटकर घर के अंदर आए।

"बताइए, घर में दो गाड़ी है, बड़के को टैक्सी मँगाना पड़ा।" पंडितजी ने कहा। प्रबोध ने सर्द निगाह डाली उनपर।

"बबुआ, क्या आपलोग तेरहीं करेंगे? तब हम उसका लिस्ट दें।"

पंडितजी ने कहा। प्रबोध ने अम्माँ की तरफ उँगली दिखाकर इशारा किया।

"अम्माँ से पूछिए पंडितजी।" रानी ने कहा।

"मलकीनी, तेरही श्राद्ध···" पंडितजी की बात काट दी।

"नहीं, बड़कू जो कर गए हैं, वही श्राद्ध था। अब कुछ नहीं।"

अम्माँ ने हाथ जोड़ दिए।

"अच्छा-अच्छा, तो हम चलें?"

"आप अपना मेहनताना लेते जाएँ।" धोती-गमछा और रुपए ले पंडितजी बाहर निकल गए। कमरे की हवा बदली। रानी दोनों ननद-भाभी ने चाय-बिस्कुट लगाया, बच्चे बैट-बॉल ले खेलने निकल गए। घर का एक सूना कोना भर जाएगा, जैसे पानी का सतह बराबर होना ही है। आवाजाही बनी रहती है।

□

3

काले बादल बरस पड़े

किधर रह गई लड़की, फिक्र में पड़े हैं नानाजी। बाहरी दालान में लकड़ी की कुरसी पर उँकड़ू बैठे नानाजी कभी मेघ की ओर देखते हैं, जो जलधर है। देखते-देखते काला हो गया आकाश, कितनी जल्दी रंग बदलता है हलका नीला, भूरा, ऊदा अब काला; अब बरसा, तब बरसा। वह जिद्दी लड़की साइकिल से फिर रही है यहाँ-वहाँ, खेत की मेंड़ होती-होती चली जा रही गाँव-दर-गाँव। पंचायत ने कुछ सड़कें बनवाई तो थीं, पर वे सड़कें एक बाढ़ बरसात भी नहीं सह पातीं। उससे अच्छी है चिकनी माटी की मेंड़।

नाना बाबू यशवंत सिंह

पुराने काट की खुली खिड़की के दालान में बैठे हैं। मन-ही-मन इंद्र देवता से गुहार कर रहे हैं, 'हे इंदर राजा, तुम ही इस बहखर बच्ची की छतरी बन जाओ! मेघ उम्बर तान लो, पानी सोख लो, बिना माँ की बच्ची है।' अँधेरे को चीरती हुई साइकिल पर पैडल मारती हुई सपना नमूदार हुई। नाना को बेचैन चहलकदमी करते देख ही रही थी। साइकिल लुढ़काकर कोने में खड़ा कर दिया और नाना के कंधों को पकड़कर रोका और उन्हें कुरसी पर बैठा दिया।

"हटो, छोड़ो मुझे, मेघ बुन्नी में किधर जाऊँ, सो यहीं चहलकदमी कर

रहा हूँ। क्या कहती हो तुम, मैं बैठ जाऊँ?" नाराजगी भरे स्वर में कहा। सपना नीचे उनके घुटने के पास बैठ गई। उनके घुटने सहलाने लगी।

"नानाजी, क्या नानी माँ या बूढ़ी नानी ने आपको कभी ऊँट कहा?"

"कहा, कहा क्यों नहीं? मेरी माँ ने तो ऊँट, घोड़ा, गदहा सबकुछ कहा। उन्होंने जो कहा, वह मैंने किया। है कि नहीं? बताओ!"

"और नानी माँ ने कहा कभी ऊँट?"

"नहीं, कभी नहीं।"

"पक्का?"

"पक्का···" नाना ने सपना का मुसकराता चेहरा इस धुँधले बल्ब में देखा और समझ गए कि इन्हें वह हँसाकर गुस्सा कम करवाना चाहती है।

"चलो उठो और मुझे भी उठने दो। हाथ-पैर धोओ, नानी माँ तुम्हारी राह देख रही हैं। दस बजे से घर से गायब हो। भूखी होगी!"

"नानाजी, हद कर रहे हैं, मैं साढ़े बारह बजे पूरा खाना खाकर निकली थी। शाम को रामनगर वाले रन्नू खिरहर के आँगन में अचार का तेल मिलाया हुआ पँचमेल भूँजा, चबेना चला। मिर्ची तीखी थी, सो मसालेदार गुड़ की भेली दी। अपने यहाँ आप अखरोट-बादाम वाली भेली बनाते हैं, रन्नू मामा के यहाँ गोल मिर्च और बड़ी इलायची कूटकर मिलाया गया था। ऊँह, क्या तीखा स्वाद था! मैंने फुलवरिया वाली मामी को कहा भी कि वाह, मामी जले पर नमक इसी को कहते हैं। पर तुरंत स्वाद आने लगा।"

"अच्छा चल उठ।" नाना खड़े हो गए। हाथ-पैर धोकर कपड़े बदलकर सपना आई, तब तक नानी की सहायिका ने मूँज की डलिया में चार गरम मकई की फूली-फूली रोटी सेंककर रख ली थी। एक रोटी तोड़कर नानाजी के लिए दूध में डाल दी थी। वे पीढ़े पर बैठ गए थे। नानी माँ उन्हें बड़े प्यार से मनुहार से खिला रही थी—"रोटी के साथ खूब मक्खन खाती है सपना, लहसुन, लाल मिरचे की चटनी और साबुत मूँग का भुरता, दही के साथ मकई की रोटी इसे पसंद है, जबकि नानाजी दूध के साथ खाते हैं। इसकी माँ तारा को भी दही के साथ मकई की रोटी अच्छी लगती।" बोलते-बोलते रुक जाती

है नानी, कलेजे में हूक सी उठती है। तारा ने मैट्रिक की परीक्षा पास की अच्छे अंकों से। दोनों बड़े भाई इंजीनियरिंग की पढ़ाई कर रहे थे। उन लोगों ने तारा को आगे पढ़ाने के लिए होस्टल में रखने की सलाह दी थी पिता को। बहुत बड़े काश्तकार थे बाबू यशवंत सिंह, अध्यवसायी भी थे। दो ट्रैक्टर हौलर में भी चावल–चूड़ा दिन भर इलाके भर का कूटा जाता था। रुपए–पैसों की कमी नहीं, प्राय: खेत में धान, गेहूँ, मकई के अलावे सभी दलहन, तिलहन और मसाले पैदा करते। वे अभी सोच ही रहे थे कि पंडितजी आए। "बाबू साहब, बगल के गाँव में बिटिया के लिए एक अच्छा रिश्ता है।" कहा उन्होंने, "तारा ने प्रथम श्रेणी में भी काफी अच्छे नंबर लाए हैं। हम इसे आगे कॉलेज में पढ़ाना चाह रहे हैं।"

"हम जो संबंध देख रहे हैं, वह पढ़ी–लिखी बहू चाहते हैं। बचिया मैट्रिक पास कर ली है, वे लोग शहर में हैं, वहीं कॉलेज में नाम लिखवा देंगे।"

"कौन लोग हैं?"

"अपने गोविंदपुर के तपेसर सिंह। उनका बड़ा बेटा सचिवालय की नौकरी में है, छोटावाला इंजीनियर की पढ़ाई कर रहा है। बड़ी बहू को भी उन लोगों ने शादी के बाद बी.ए. पास करवाया। वह स्कूल में पढ़ाती है।"

"तपेसर सिंह छोटा आदमी है, ठीकेदारी करता है। बदनामी है कि मजूरों की हकमारी करता है। हम उसके दरवाजे पर जाएँ?"

"ए बाबू साहब, जलनेवाला ऐसे ही बोलता है। उठंत घर और बहंत आमदनी देख ऐसे ही कलेजा में पीर उठता है विघ्न संतोषी लोगों को। आप फिर भी न जाएँगे।"

"हूँ।"

"विचार लीजिए बाबू साहब, बौआ लोगों से पूछ लीजिए। वे लोग बड़े भाई हैं। हम आगे की सोचकर रिश्ता लाए हैं।" पंडितजी कहकर चले गए। बाबू यशवंत सिंह ने बेटों को पत्र लिखा। छोटे बेटे ने लड़के को अपने ही कॉलेज में खोज लिया। उसे कोई खोट नजर नहीं आई। तारा की शादी हो गई। तारा पटना जिठानी के साथ रहने चली गई। कॉलेज में दाखिला भी हो गया।

पर उसे घर का सारा काम करना पड़ता। एक दाई आती बरतन-भाँड़े धो, घर में झाड़ू फिरा चली जाती। नाश्ता-खाना तथा टिफिन तैयार करने में तारा पस्त हो जाती। इसे इतना काम करना आता नहीं था, सो जिठानी की लताड़ सदा सुननी पड़ती। वह स्कूल पढ़ाने जो जाती। आते ही चाय-नाश्ता चाहिए। उनके पति और तारा के पति को भी चाहिए था। यह उदास बीमार सी होती गई। तारा बुलावे पर भी नैहर न जा पाती। किसी को कुछ कहने की आदत नहीं थी, सो चुप रहती। जिठानी के दो बेटे थे, जो किसी पहाड़ के स्कूल होस्टल में पढ़ते थे।

सबसे बुरा तब हुआ, जब तारा गर्भवती हुई। उसके कोख की जाँच हुई। गर्भ में बेटी थी, जिसे गिरा देने को जिठानी ने कहा। तारा ने पहली बार जुबान खोली।

"मैं गर्भ नहीं गिराऊँगी।"

"अभी इसकी क्या जरूरत है, बी.ए. तो कर लो।"

"मैं बच्चा रखूँगी भी और बी.ए. पास भी कर लूँगी।"

"इस घर में बेटी नहीं जनी जाती।" जेठ ने कहा। तब तारा ने गौर किया कि सचमुच यहाँ बेटी नहीं है। शायद जिठानी ने भी बेटी का गर्भपात करवाया हो! उसे उनके प्रति ममता जागी। उसने उन्हें सहलाने की कोशिश की, परंतु सभी इसके खिलाफ हो गए। इसने अस्पताल जाने से इनकार कर दिया, लेकिन पता नहीं क्या भूत सवार था उनपर कि किसी प्रकार की दवा देकर गर्भ नष्ट की प्रक्रिया शुरू कर दी। तारा को रक्तस्राव होने लगा। वह डूबने लगी। तब पति ने गाड़ी पर लादकर इसे पिता के घर छोड़ दिया। साथ में कुछ टॉनिक वगैरह दिया। हाथ जोड़कर कहा कि यहीं सार सँभाल होगी, इसलिए लेकर आया हूँ। तारा चुप थी। उसके जाने के बाद निकटस्थ ब्लॉक की लेडी डॉक्टर के सफल इलाज में तारा का गर्भ बच गया। तारा ने सपना को जन्म दिया। बच्ची नानी की गोद में देकर उसने सदा के लिए आँखें मूँद लीं। सपना नानी की गोद में अपनी माँ तारा की भाँति ही पली। जब तक यह बड़ी हुई, इतना अधिक पढ़ा, तब तक दोनों भ्राता बड़े-बड़े पदों को

सुशोभित करने लगे। दो इंजीनियर मामी हैं। दो बहनें और एक भाई है। मामा लोग विदेश में हैं। सपना प्रखर छात्रा थी। उसने सामाजिक कार्य की ही पढ़ाई की। विवाह की चर्चा सुनना नहीं चाहती! करता भी कौन? तारा के विवाह का ऐसा हश्र देख घुल-घुलकर नाना-नानी तो नहीं, पंडितजी जरूर मर गए। उन्हें अकारण अपराधबोध हो गया था। सपना के जन्म और तारा की मृत्यु की खबर सुनने पर भी कोई नहीं आया। न शोक के आँसू पोंछने, न बिटिया की पियरी लेकर।

"सपना, बेटू तुम इतना पढ़ाती हो। सारे पढ़े-लिखे लोग कहते हैं कि कलक्टर की पढ़ाई करने लायक हो। गाँव के बहुत लड़के-लड़कियाँ कोचिंग करते हैं पटना-दिल्ली जाकर, तुम भी क्यों नहीं करती हो?" नानाजी ने एक दिन समझाया था सपना को।

"मैं दिल्ली से पढ़कर गाँव आई हूँ नानाजी, आपने मुझे यहाँ रहने कब दिया? बड़े मामाजी के साथ न्यूयॉर्क गई। सबकुछ देखा-सुना, बड़ा मजा आया। पर आप लोगों के पास गाँव में रहने का मन है। बुरा है क्या?"

"हमें तो अच्छा लगता है, पर…।"

"पर क्या नानाजी?"

"हम क्या सब दिन रहेंगे?" नानी ने कहा था।

"रहेंगे तो हम भी नहीं नानी माँ, इसलिए आपसे अभी से दूर चली जाऊँ?"

"मेरे कहने का मतलब है कि तुमने न शादी की है, न कोई स्थायी नौकरी करोगी, तब एक समय बेकार नहीं हो जाओगी? मन न ऊबेगा?" नानी ने बड़ी चिंता से अपनी समझ से यह बात कही।

"मेरी झोली नानी माँ, अकेली नहीं हूँ। कलक्टर वाला काम ही कर रही हूँ। वे ऊपर से शासन चलाते हुए लोगों के लिए सेवा करने की चेष्टा करते हैं। मैं साथ रहकर राह सुझा रही हूँ।"

"समझ रहा हूँ।" नाना ने कहा।

"नानी माँ, मैं नानाजी का हाथ बँटा सकती हूँ। आपका भी।"

“मैं अब कुछ नहीं करती। तेरे नानाजी जरूर कर रहे हैं।”

“मैं भी सोच रहा हूँ कि ट्रैक्टर हॉलर का कारोबार समेट लूँ। खेत है, सो करता रहूँगा।”

“हाँ नानाजी, वह शेड आप मुझे दे दीजिएगा। मैं यहाँ बच्चों के लिए ‘कहानी घर’ की शुरुआत करूँगी। आप दोनों कहानी बच्चों को सुनाएँगे। मैं पंडितजी मामा से भी कहूँगी, वे पुराणों की कहानी सुनाएँ।”

“वो सब हो जाएगा। पर उससे क्या होगा ?”

“बच्चे कुछ दिन चाव से सुनेंगे, फिर अधिक जानने की जिज्ञासा होगी। तब पढ़ने की स्वाभाविक इच्छा जागेगी। बचपन में सुनी हुई कहानियाँ एक गहरी छाप छोड़ती हैं।”

“बात पते की कही।”

यह सब शुरू हो चुका था। नानाजी और नानी माँ कथावाचक की महती भूमिका का निर्वाह कर परम संतुष्ट से दिख रहे थे। तब भी यह लड़की स्थिर क्यों नहीं हो रही है ? साइकिल ले गाँव-गाँव घूम रही है। आकर सुनाती है कि उसके साथवाले बहुत से पढ़े-लिखे लड़के गाँव में खेती वगैरह करने लौट आए हैं। अच्छी बड़ी-बड़ी नौकरियाँ छोड़ देश से, विदेश से लौट रहे हैं। शंभु यादव की केंद्रीय सेवा में चयनित पोती गाँव लौट आई है। सपना उसी से मिलने गई थी। गाँव में एक बड़ा औद्योगिक प्रशिक्षण केंद्र खोलने की योजना है, जो महिलाओं के लिए काम करेंगे। बाजार तक पहुँचे इनका सामान, उसके लिए, पैकेजिंग का गुर सिखाने के लिए केंद्र जो बनाना है।

“शंभु की पोती को तुमने ही बरगलाया होगा!” नाना ने जानकर पूछा सपना से।

“सीधे-सीधे कुछ न कहा नानाजी, पर आरती हमलोगों के संपर्क में थी न! निर्णय उसका है।”

“शंभु बेचारे को बड़ी आशा है कि घर में कोई अफसर हो, दूध-मक्खन की मिसिल चलाकर वह परेशान हो गया है। बेटा सिलपट्ट था, यह बच्ची आरती जहीन निकली। तुझे आशीष देता है कि तेरी संगति में पढ़-लिख गई।

अब उसे तेरी ही संगति का असर देखकर धक्का लगेगा बुचिया।" नाना की पीड़ा दोधारी तलवार सी थी, जिसने सपना के मन पर आघात किया। वह बात करना चाह रही थी, पर उठकर सोने चली गई। थकी थी ही, तुरंत सो गई। सुबह नानाजी की हॉक पर जगी। नानाजी ने पॉट में चाय सजा रखा था। तुरंत मुँह-हाथ धोकर सपना चाय पीने बैठ गई। नानी अपनी अदरक वाली चाय कप से ढालकर पी रही थी। वे अनेक मजाक सह सकती थीं, चाय डिश में ढाले बिना नहीं पी सकती थीं। नाना और नातिन ने खुशबूदार लीफ टी कप में ले लिया। पहले ही सिप के बाद नानाजी ने पूछा, "तुम्हारे केंद्र के लिए आँगन का आधा भाग और पीछेवाला गोदाम ठीक रहेगा क्या?" सपना मानो सपने से जगी।

"हाँ, काफी से ज्यादा ठीक रहेगा।" वह उलझी सी थी।

"शंभु के पास हवेली नहीं है बच्चे, हमारी हवेली में कोई रहवैया नहीं। तुम दोनों समर्थ लड़कियाँ हो। शंभु को मैं समझाऊँगा कि आरती ने अपनी काबिलीयत साबित कर दी। वह जिस काम में हाथ डालेगी, उसे कुछ अलग अंदाज में पूरा करेगी।"

"जी नानाजी।" सपना चुप थी।

"शंभु समझ जाएगा। तुम लोगों का काम चलेगा तो थोड़ी हलचल रहेगी।" नानाजी आनंद में थे। नानीजी कप से आखिरी सिप डिश में ढालकर, पीकर तृप्त थीं।

लटकते हुए नीले, भूरे, ऊदे, काले बादल बरस पड़े थे।

□

4
ग्रैंड रिहर्सल

निभा दास कमर सीधी कर उठ खड़ी हुई। एक ही जगह बैठी लगभग 15 घंटे से जम गई थी। मानो भूख-प्यास भी रूठ गई थीं। गले में काँटे भी नहीं उगे थे, साँस ले रही थी, नाक से भी और कभी थोड़े से होंठ खोलकर मुँह से भी। निभा दास ने चेहरे पर मास्क ठीक किया। हुड से लेकर पूरा चेहरा ढका, नीचे का ड्रेस ठीक किया और अपनी चप्पल में पैर फँसाकर निकली। इसके निकलते ही सीट पर राधा आकर बैठ गई।

"बाहर बहुत शोर है निभा, मौत का शोर। उधर दीवार के पार, भीतर तो सन्नाटा है ही।" राधा ने मानो फुसफुसाते हुए कहा था। निभा ने सूनी निगाह से उसे देखा। उसे आप सर्द निगाह भी कह सकते हैं। यह सब देखते-सुनते आज पखवाड़ा बीत गया है। आँसू सूख गए हैं परिजनों के भी, ये तो मात्र द्रष्टा हैं।

अगले दस घंटे की फुरसत मिली है निभा दास को। कैंपस के ही परले कोने पर अस्पताल के प्रत्येक कर्मचारी को रहने का स्थान मिला हुआ है। अभी कहीं निकलने की इजाजत नहीं है। निभा तेज कदमों से आवास की ओर बढ़ी। दीवार के पार हाहाकार मचा था। इस पार शवगृह के दरवाजे पर अनेक शववाही वाहन खड़े थे। बिना उधर देखे निभा निकल आई। कान बंद नहीं कर सकती थी, सो शोर से, रुदन से बच नहीं सकती थी। पर अब रुदन सुनने से कुछ नहीं होता। नौकरी के शुरुआती दौर में बुरा लगता था। चार-पाँच साल की नौकरी में जीवट इकट्ठा कर लिया था, पर इस महामारी के हौलनाक

दौर में कुछ नहीं कर पा रही थी। कई बार आँखें बरस पड़तीं। अब आँसू भी सूख चले। कमरे में आकर निभा दास ने सारे कपड़े बाथरूम के टब में डाल दिए। अस्पताल से अधिक उसका कमरा और स्नानघर दवा से महक रहा था। नहा-धोकर, कपड़े फैलाकर निभा ने तख्त पर पैर सीधे किए। किनारे की मेज पर खाने का पैक रखा था। भूख तो लग आई थी। उठकर उसने खाना खाया। खाते-खाते ही आँखें झिपने लगीं। वह पड़कर सो गई। नींद बिल्कुल निःस्वप्न आई। देखा तभी आठ बज गए हैं। उसने चाय के लिए केतली का प्लग ऑन कर दिया। तैयार होने लगी। चाय पीकर पूरा अस्पताली वस्त्र पहन, हुड लगा, साथी राधा को ड्यूटी से छुड़ाने चल पड़ी।

निभा का जीवन कभी आसान नहीं था। इधर के चार-पाँच साल एक रुटीन ड्यूटी जरूर थी। आठ घंटे की ड्यूटी रहती, जो डिस्चार्ज स्लिप बनाने और थमाने की थी। राधा और निभा की नौकरी साथ ही शुरू हुई थी। इनका काम पाली में होता। सबकुछ हस्बमामूल चल रहा था कि यह महामारी आ टपकी। एक अच्छे वेतनवाली रुटीन नौकरी में हलचल मच गई। अफरा-तफरी ऐसी कि समय की गिनती नहीं। अब जीवित तथा मृत व्यक्तियों को परची थमाने का कोई समय नहीं था। अपार्टमेंट के अपने फ्लैट पर ताला लगा निभा तथा राधा को कैंपस में ही रहना था। ऐसा कब तक चलेगा, इन्हें क्या, इनके आकाओं को भी नहीं पता। काम करते हुए किसी युवा डॉक्टर का स्लिप तैयार करते जानलेवा पीड़ा से गुजरती ये। इन्हें बिल्कुल अपना होश नहीं था। ये पूरी तरह रोबोट हो चुकी थीं।

कभी निभा एक फुदकती गौरैया सी लड़की हुआ करती थी। राजधानी के बड़े अखबार के दफ्तर में पिता डिस्पैच वाले विभाग का काम देखते थे। अच्छा वेतन था, तीन भाई-बहन बढ़िया स्कूल में पढ़ने जाते। इनके स्कूल पास करते-न करते पिता का अखबार बंद हो गया। अखबार के सारे कर्मचारी बेरोजगार हो गए। कुछ लोग दूसरे शहरों की ओर निकल गए। वे सब संपादकीय विभाग से संबंधित लोग थे। ये कहाँ जाते? निभा, विभा के बड़े भाई राजन ने बी.ए. पास कर लिया था। वह टाइपिंग सीखकर खानगी

काम करने लगा। विभा और निभा स्कूल पास कर चुकी थीं। भाई ने उन्हें कॉलेज में दाखिल करवा दिया। कॉलेज पास ही था। दोनों बहनें टहलती हुई चली जातीं। गाँव में कुछ खेत थे, जिससे अनाज आ जाते। तीनों भाई-बहन छुटपन से ही नाटक वगैरह में भाग लेते रहे थे, सो अब भी लेते। दोनों बहनों ने नया-नया आया कंप्यूटर टाइप करना सीख लिया था। बैठे-बैठे आमदनी का जरिया खोज लिया था। सबकुछ जैसे-तैसे चल ही रहा था। माता-पिता को दोनों बेटियों की शादी की बेहद चिंता थी। अकसर नाटक के रिहर्सल पर जुटे लोगों के सामने माँ बिसूरती रहती। निभा युवती के रूप में कमनीय सलोनी सी थी। साथ काम करनेवाले लड़कों की निगाह में चढ़ तो गई ही थी। एक दिन कुछ सीनियर लड़कों ने उसके हमउम्र लड़कों से बात भी छेड़ी कि निभा और विभा दोनों बहनें सुघड़ हैं, क्यों न अपने बीच से कोई निकल आए, जो इनका जीवनसाथी बने! मनोज ने चुपके से निभा से कहा एक दिन कि "मुझे तुम बहुत अच्छी लगती हो, पर मेरे परिवार के लोग बिना दहेज के शादी नहीं करेंगे।" मनोज हाइकोर्ट में टाइपिस्ट की नौकरी के लिए आवेदन दे चुका था। अब परीक्षा मात्र बाकी थी। उसका हाथ बहुत अच्छा था, अतः उसे विश्वास था कि जरूर नौकरी मिल जाएगी। तब पिताजी बढ़िया दहेज ले सकेंगे। मनोज की बातों का निभा ने कोई उत्तर नहीं दिया था। मनोज निभा के साथ लगा रहता। निभा को वह अच्छा लगने लगा था। इनका नाट्यदल यह सब गौर कर रहा था। नाट्यदल के लोगों ने विभा के लिए राकेश मल्लिक को तय किया। राकेश के पिता भी उसी अखबारी दफ्तर के मारे थे। पर उन्होंने अपनी जमापूँजी लगाकर छोटी स्टेशनरी की दुकान खोल दी। दुकान चल निकली। कठघरे से शुरू हुई दुकान इमारत में चलने लगी। राकेश और मनोज को लेकर दोस्तों ने योजना बनाई। दोनों का ब्याह निभा तथा विभा से कर दिया। विवाह कर देने के बाद दोनों के घर जाकर खबर किया गया। वे परिवार नाराज तो हुए ही, परंतु लड़कों ने बैठकर समझाया-बुझाया। 10-15 दिनों बाद राकेश के माता-पिता ने बहू की विदाई करा ली। मनोज के पिता ने कहा कि अब जब मेरे बेटे ने ब्याह कर ही लिया है तो हम उसे ले ही आएँगे, परंतु उसे टाइपिंग

की परीक्षा देनी है, जो कोहबर में बैठकर तो होगा नहीं। वह आए, परीक्षा दे। नौकरी लग ही जाएगी, ऐसी आशा है, फिर हम बहू को विदा करा लाएँगे।

मनोज निभा पर पूर्ण समर्पित था। निभा ने मनोज को अपने घर जाने की सलाह दे दी। यही भूल हो गई उससे। मनोज जो गया, सो लौटकर कभी नहीं आया। निभा माँग भरती रही, सावित्री की तरह वटवृक्ष को कच्चे धागे से घेरती रही, जलाभिषेक करती रही। सहारा की एजेंट बन गई। जी लेने की कोशिश करने लगी। जीवन एक नाटक बनकर रह गया। मनोज हाईकोर्ट की नौकरी पा गया। शायद मन में आस जगी कि वह एक बार इसकी ओर पलटेगा। साल-दो साल बीत गए। किसी ने बताया कि मनोज की शादी हो रही है। यह हतप्रभ रह गई, जब नाटक के साथी विरोध करने पहुँच गए। निभा ने भी थाने में जाकर गवाही दी। मनोज ने माफी माँगी और लौट गया अपने घर। उस दिन निभा के मन में आया कि वह क्यों जीवित रहे, लेकिन फिर समझ में आया कि उसने मनोज के लिए तो जन्म नहीं लिया था। उसकी बीमार माँ को देखनेवाला कोई नहीं था। विभा अपने बच्चों को पाल रही थी, भाई-भाभी अपने आप में लिप्त थे, चिरदु:खिनी माँ को किसके भरोसे छोड़कर चली जाए? अपने इस थोपे हुए दु:ख को लेकर कुछ अधिक सोच गई निभा। कंप्यूटर टाइपिंग का जमाना आ गया था, अपने ऊपर बिना ध्यान दिए इसे उसने भी साध लिया तथा एक अतिरिक्त आमदनी होने लगी। अब माँ की दवा वगैरह के लिए उधार लेने की जरूरत न थी।

मनोज ने माफी तो माँग ली, परंतु वह शादी से इनकार न कर सका। उसके पिता ने तिलक की मोटी रकम ले ली थी। उसे चुपचाप विवाह करना ही पड़ा, वह एक कमजोर इनसान निकला। इसी शहर में रहती निभा ने सुना और सूखी आँखों से शून्य को निहारा। क्षीणकाय माँ बिस्तरे पर सुगबुगा, रही थी। उससे निभा की कोई बातचीत नहीं होती। माँ के शरीर में जान नहीं थी, वह निभा की सहायता के बिना नित्यकृत्य भी नहीं कर पाती, लेकिन जुबान अब भी कैंची सी तेज थी। सदा निभा को कोसती रहती कि एक पुरुष को अपना बनाना न आया। विभा की तरह यह भी उसे अपने साथ रख न पाई।

ऐसा नहीं था कि यह सब निभा नहीं सोचती, पर संभव न हुआ। नाटक के स्टेज के बाहर का मनोज, जिसने इसे प्यार का आश्वासन दिया था, वह कहीं खो गया। उस मनोज को ढूँढ़ने में निभा विफल रही, मानती है। अब जब उसने विवाह कर लिया, तब पटाक्षेप हो गया। विभा ने इसे आकर खरी-खोटी सुनाई थी, "उसके खिलाफ मुकदमा दर्ज करो।"

"वह मेरे साथ संबंध नहीं रखना चाहता है। उस शादी को मानता ही नहीं है, तब मैं उसके लिए जान क्यों दूँ?" निभा ने चिढ़कर कहा।

"तब तुम भी क्यों नहीं शादी कर लेती?" विभा के तेवर तीखे थे।

"कौन बैठा है हाथ में वरमाला लेकर मेरे लिए विभा कि मैं अपनी गरदन आगे कर दूँ?" विभा निरुतर हो गई थी। समय और अतिशय संघर्ष की राह पर चलकर निभा के चेहरे की सारी लुनाई चली गई थी। वह तीस की होकर चालीस के पार दिखाई पड़ने लगी थी। आँखों की चमक कम लग रही थी, लंबे घनेरे केश उलझे-उलझे से थे। सूखा चेहरा, पपड़ाए होंठ, खूब गोरा रंग जर्द पड़ गया था। विभा, जिसके मन में यह हूक रहती कि वह निभा सी गोरी सुंदर क्यों नहीं है, आज ठगी सी रह गई।

"निभा, तुम आईना नहीं देखती? क्या हाल बना रखा है?" सीने से लग गई बहन के और रो पड़ी। लाख चिढ़े, पर बहन है, उसका दुःख बाँट नहीं सकती, पर व्यापता तो है। अगले दिन क्रीम की डिब्बी खरीद लाई। अपने हाथों से बहिन को लगाया तथा हिदायत दी कि अपना खयाल रखे।

माँ के न रहने पर निभा ने एक बार अपने आप को फिर बेहद अकेला पाया। उसकी सेवा उसके जीवन का उद्देश्य हो गया था, अब लगता कि क्या करेगी? अपनी स्थिति के कारण यह समाज से पूरी तरह कट गई थी। बहन-भाई के परिवार के अलावा किसी के यहाँ आना-जाना नहीं था। दो कमरों का छोटा सा घर भी अब काटने को दौड़ता।

"अब जरा अपने आप पर ध्यान दो निभा।" एक दिन विभा ने आते ही उसकी अस्त-व्यस्तता को देखकर कहा था। इन दिनों कुछ पुस्तकों की पांडुलिपियाँ टाइप करनी थीं। कंप्यूटर तथा प्रिंटर के आसपास कागज बिखरे

थे। निभा के बाल भी उलझे-उलझे थे। विभा ने उसे खींचकर उठाया और माथे में तेल लगाया, कंघी की।

"देख निभा, तेरी अब भी कितनी लंबी चोटी होती है, कुछ तो अपना खयाल रख।"

विभा ने कहा, "यह पांडुलिपि जल्दी तैयार करनी है विभा! मेरी रोजी-रोटी यही तो है।"

"पांडुलिपि ने यह तो नहीं कहा कि तू तेल न लगा, कंघी न कर, पगली सी रह!" ऐसे में निभा का मन भीग गया, पर आँखें न भीगी। माँ कोसती-कोसती दुनिया से चली गई। कोमल शब्द भले ही उपालंभ भरे हों, विभा के सिवा कोई नहीं उचारता। भाई वीतराग सो हो चला है। भाभी को कोई मतलब नहीं रह गया था।

"अच्छा सुन, मैं सोचती हूँ कि यह घर छोड़ दूँ।"

"क्यों? क्योंकि मैं पास में हूँ और तुझे तंग करती हूँ?"

"नहीं यार, दो कमरे क्या करूँगी? आँगन-बरामदा बड़ा लगता है। कीमती भी है।"

"नया एक कमरे का फ्लैट भी मँहगा होगा। तुम्हारे काम का फैलाव देखकर नहीं लगता कि एक से काम चलेगा।" सब दिन इसके पीछे-पीछे चलनेवाली विभा अब आगे-आगे चलने लगी है। सच ही तो कह रही है। इन दिनों कुछ अधिक ही पुरखिन हो गई है। क्यों न हो, एक सफल गृहिणी जो है। पति, बच्चे, परिवार, दुकान सब हैं उसके पास। निभा की तरह छूँछा आँचल नहीं है, लेकिन कह सही रही है।

"देख लो, आसपास ही हो" निभा ने उत्तर दिया।

"मैं कुछ और सोचती हूँ। एक और कंप्यूटर ले लो, आजकल कुछ लड़कियों को कंप्यूटर सीखने का चाव हो गया है। तुम घर बैठे कुछ क्लास ही ले लो।" सुनकर निभा चुपचाप विभा की ओर देखती रही।

"क्या देख रही हो? कुछ रुपए मैंने खानगी बचा रखे हैं, खरीद देती हूँ। तुम हाँ तो बोलो! तुम्हारे कमरे का उपयोग भी हो जाएगा।" निभा हँसने लगी।

"ठीक है विभा, पर एक स्टूडेंट तुम ही रहोगी।" सज गया दूसरा कमरा। छिटपुट लड़कियाँ बेलौस आने लगीं सीखने। निभा पुस्तकों की पांडुलिपि तैयार करने में लगी रहती। इधर कुछ तकनीकी पुस्तकें और जरनल आने लगे थे। निभा की कमाई बढ़ गई थी। विभा की आमदरफ्त बढ़ जाने से खाने-पहनने का स्तर अच्छा हो गया था। इनका काम जम गया था। गली-मुहल्लों की लड़कियाँ यहीं सीखने आतीं। तकनीकी पुस्तक कंपोज करानेवाले एक अधिकारी ने व्यावसायिक शिक्षा की ट्रेनिंग देने की सलाह दी थी। निभा तथा विभा ने सलाह पर अमल करना भी शुरू कर दिया। नया कंप्यूटर लिया गया। गलियों में परचे बँटने लगे, "सिर्फ और सिर्फ लड़कियों के लिए, उनका अपना तकनीकी शिक्षा केंद्र।" मकान मालकिन ने आँगन में शेड डालकर बड़ी मदद की। आखिर बहुत पुरानी लाग-डाट थी।

शुरू करने से पहले दोनों बहनें देवघर बाबाधाम आशीर्वाद लेने गईं। लौटकर आईं तो देखा कि घर में कोई सामान ही नहीं बचा था। भीषण चोरी हो गई। राकेश ने थाने में केस दर्ज किया। पुलिसिया काररवाई शुरू हो गई। निभा निचुड़ी सी तख्त पर पड़ गई। ओह, इसके जीवन का कोई अंधकार कभी भी छँटेगा क्या?

"निभा दी, उठिए, आपका केंद्र इन्श्योर्ड है, सबकुछ मिल जाएगा। मैं हूँ न, फिक्र मत कीजिए?" राकेश ने निभा को आश्वस्त किया। निभा चुपचाप पड़ी रही।

अंधकार में प्रकाश की तरह तकनीकी अधिकारी ने इस बड़े सरकारी अस्पताल में छोटी सी नौकरी लगवा दी। बड़े सपने देखनेवाली विभा को धक्का लगा। राकेश ने विभा को समझाया, "निभा दी सहम गई हैं। उन्हें वह सीधी-सादी नौकरी करने दो। रात-दिन अकेली चुपचाप टाइप करने से अच्छा है, हजारों लोगों की भीड़ में काम करना।"

निभा को नौकरी रास आ गई। बीमा का पैसा आ गया था, कुछ रुपए इकट्ठे हो गए थे। अस्पताल के पास वाले अपार्टमेंट में एक फ्लैट ले लिया। बैंक से ऋण भी मिल गया था। सबकुछ सामान्य चल रहा कि यह बीमारी आ

गई। यहाँ निभा ने जीवन–मृत्यु के कई केस देखे थे, पर अब की तरह नहीं। अनजाना ही सही, कोई किसी का सगा ही तो रहता है जो जाता है।

"मैम, पुरजी काटिए, डेड बॉडी की पैकिंग हो गई है। जल्दी," पियुन ने कहा।

"क्या नाम कहा?"

"मनोज ठाकुर, रामनगरी।" टाइप करते हाथ रुक गए।

"कब आया था? मुझे बताया क्यों नहीं?" निभा चीखी।

"अरे···!" हैरान था चपरासी। थरथराते हाथों से टाइप कर पुरजी निकाला और उसके हाथों पर रखा, कर्तव्य पूरा कर उठना चाहती थी। पैर जम गए थे, मनोज नहीं रहा। उसके परिजन डेड बॉडी लेकर जा रहे हैं। मनोज इसका कौन था? कोई तो नहीं, वह माँझी, जिसने नाव को बीच नदी में ले जाकर डुबो दिया हो। पर माँग तो भरी थी! क्या वह भी नाटक का मंच था? निभा ने अपने आपको स्थिर किया, मानो मंच से उतर आई हो। अब उसके लिए यह मौत एक गिनती थी और अब तक का जिया गया सारा जीवन एक ग्रैंड रिहर्सल, एक भव्य पूर्वाभ्यास!

□

5

उसी देहरी पर

जिस दिन रुक्मी उचितलाल के पीछे-पीछे गौने पर पहली बार ससुराल आई थी, तब भी यह जगह अनजान नहीं थी और अब तो बिल्कुल भी नहीं है। रुक्मी की बड़ी चचेरी बहन सुकनी इस गाँव की बहू थी। सुकनी रुक्मी से कम-से-कम दस साल बड़ी थी। उन दिनों जब तक परिवार के मुखिया दादा-दादी जीवित रहते, परिवार शामिल रहते; सो इनका बड़ा परिवार था। मजदूर हलवाहे का परिवार और शामिल। शाम को मजूरी लाकर दादी के सामने रखते, धान, दलहन का ढेर लग जाता। बेरहट, यानी शाम का नाश्ता, घर की बेटियाँ भड़भूजे के यहाँ से चबैना जो भूनकर ला चुकी होतीं, पिता, भाई, चचा को सीकी मूँज की डलिया में परोस देती। एक-एक मुट्ठी लेकर पानी पीते वे बाहर बथान पर जाते। जहाँ बैलों के नाद भरे हैं कि नहीं, देख लेते। अमूमन नाद भरे होते। किशोर होते बच्चे गाय चराकर लौट चुके होते, नाद में पानी सानी रहता। पुरुष दो-चार दालान के एक जगह जुटते गप-शप और भजन-कीर्तन में जुट जाते। आँगन से खाने का बुलौआ आता, तभी लोग उठते। यह सब तब तक गाँव के घर-घर में होता। मजदूरों के घरों में भी गायें होतीं। कम-से-कम एक जोड़ी या एक बैल होता। प्राय: बैल अपनी गाय के बछड़े ही बड़े होकर बैल हो जाते। बड़े गृहस्थ से बटाईदारी पर लिये अपने खेत दो लोग मिल एक-एक बैल का जोड़ा बनाकर खेती करते।

रुक्मी अपनी बड़ी बहन सुकनी के यहाँ तब आई थी, जब फ्रॉक पहना करती थी। इस गाँव में जन्माष्टमी का मेला लगता रहा है, जाने कब से अजब सा मेला लगता। अकसर बरसात का पानी देहरी छू रहा होता, पर मेला लगता। दुकानें खेतों की मेंड़ पर, मचान पर, दालान पर सजतीं। मेलों में तरह-तरह के खिलौने मिलते। काठ-बाँस के, कचकड़े प्लास्टिक के चमकीले खिलौने। लट्ठो, हवा मिठाई और बरफ के गोले। कभी-कभी गोल चक्कर वाला झूला भी आ जाता। कई बार झूले पर से लोग-बाग कीचड़ में गिर भी जाते। स्त्रियाँ दूर-दूर से आतीं मेला घूमने। बिंदी, सुरमा, रिबन, चुटिल्ला और नकली बाल खरीदतीं। यह मेला चार दिन रहता। खूब बिक्री होती।

सो रुक्मी कई बार धनुआही गाँव आ चुकी थी। धनुष की शक्ल में बने तिलयुगा तटबंध पर बसे गाँव का नाम उचित ही धनुआही है। रुक्मी के लिए सुकनी ने ही उचितलाल को चुन लिया था। उचितलाल बाजू वाले आँगन का कर्मठ लड़का था। सुकनी ने उसे कभी बैठे नहीं देखा। स्कूल भी जाता वह। स्कूल से आकर गाय, बैल की नाद देखता। शाम को घूरा लगाता। ऐसा करते, खेत जोतते, कोड़ते मिडिल पास कर गया। गाँव से बहुत दूर हाई स्कूल था। इस गाँव के अधिकांश बच्चे मिडिल स्कूल के बाद पढ़ाई जारी नहीं रख पाते। उचितलाल दो साल से चौमासा में बाप, चचा के साथ पूरब-पच्छिम कमाने जाने लगा था। यह पढ़ा-लिखा था, सो हिसाब गड़बड़ करनेवाले मुंशी की गलती पकड़ मालिक को कह देता। मालिक अकसर इसे शाबाशी देते और मुंशी को लताड़। उचितलाल के काम को देखते हुए मालिक उसको हिसाब पुस्तक में लगा देते। बरसात में पाट की धुलाई के लिए ये लोग जाते। उचितलाल गाँव की गिनती, गोदाम के स्टॉक की गिनती सब रजिस्टर पर नोट करता। इस तरह वह धीरे-धीरे सुकुमार हुआ जाता। गाँव लौटकर हल-कुदाल में बहुत मन न लगता। इसे धीरे-धीरे जूट के किसान सह-व्यापारी अपनी ओर अधिक आकर्षित करने लगे थे। गौना होते-न-होते उचितलाल आसनसोल का हो चला था। दस साल की रुक्मी थी, तभी उसकी लगन उचितलाल से कर दी गई थी। उसके बाद से ही उसका मेला आना छूट गया। धुआही गाँव

भी छूट ही गया समझो। उस समय उचितलाल गाँव के स्कूल में पढ़ रहा था। बाद में जब सत्रह साल की रुक्मी हुई और उचितलाल उन्नीस का, तब गौना हुआ। रुक्मी कामकाज में मन लगानेवाली स्त्री थी, ससुराल की प्यारी बन गई। इसकी बहन सुकनी को इस पर बहुत लाड़ आता कि घर का नाम बढ़ा रही है। उचितलाल अधिकतर आसनसोल में ही रहता, पर जब आता, घर के लोगों के लिए कुछ-न-कुछ ले आता। रुक्मी के लिए भी भाँति-भाँति के साज श्रृंगार के सामान ले आता, जिसे इस्तेमाल करना कठिन था। कैसे वह रात्रि मिलन के वक्त ही तैयार हो और ढिबरी की रोशनी में अपने प्रियतम को दिखाए, यह सोचती रह जाती। समय बीत जाता, उचितलाल चला जाता, प्रेम की प्यास लिये। कुछ परिवार आसनसोल में घर बनाकर रच-बस गए थे। वे उचितलाल को दुल्हन ले आने की बात करते जरूर, परंतु उचित साहस न कर पाया। दादा तथा दादी की मृत्यु के बाद इनका परिवार बँट गया। चार भाई थे, चारों का बँटवारा हो गया। सभी खूब अच्छे खेतिहर थे, जमीन मालिकों के पक्के बटाईदार थे, बाढ़-सूखे के बावजूद कभी अन्न की कमी महसूस न होती थी। उचितलाल अपने पिता का अकेला लड़का और चार बहनें थीं, जो ब्याहकर अपनी ससुराल में रहतीं। इनकी जरूरत अब गाँव में अधिक महसूस की जाती रही। खेत पर पिता अकेले हो गए।

"उचितलाल बाबू, अब तू शहरी मोह छोड़ और गाँव लौट आ। वहाँ अकेले रहकर जो कच्चा-पक्का पकाता खाता है, सो यहाँ चैन से रह, खेती में हाथ बँटा।" एक दिन बँटवारे के बाद पिता ने कहा। ऐसी आशंका उचित को थी। घर, बच्चे तथा रुक्मी का प्रबल मोह उसे था, परंतु वह अब पूर्णकालिक किसान बनने की मंशा नहीं रखता था। उस समय उसने कोई उत्तर न दिया, लौटकर आसनसोल आ गया। आसनसोल में आकर चुपचाप सोचता पड़ा रहता। एक-दो अपनी तरफ के साथी-संगियों ने गौर किया और उदासी का कारण जानना चाहा।

"मेरे गाँव में बँटवारा हो गया है। मैं अपने पिता का अकेला लड़का हूँ। खेतीबारी में उनको दिक्कत होती है। मुझे नौकरी छोड़ गाँव आने को कह रहे

हैं। पेशोपेश में हूँ, क्या करूँ ?" कहा उचितलाल ने। समस्या गंभीर थी। मित्रों के पास तो नहीं, कुछ बुजुर्गों के पास जरूर समाधान था। वह समाधान गाँव लौटने का नहीं था। उनका कहना था कि गाँव का काम साथी मजदूर-किसान मिलकर कर सकते हैं। उचितलाल को चाहिए कि अपने बच्चों को यहाँ ले आए, ताकि स्कूली शिक्षा तो पूरी हो। आगे यदि बढ़ना हो तो बढ़े। उचितलाल गाँव में रहकर मिडिल पास होकर मजदूर ही रहा। वह तो संयोग और बुद्धि के इस्तेमाल से आज मुंशी है जूट मिल का। यह बच्चों को तो न झेलना पड़ेगा। उचितलाल ने गाँव में जाकर यही अपने पिता से कहा। थोड़े सोच-विचार के बाद बच्चे आसनसोल आ गए। बच्चों की माँ और दादी कुछ दिनों के लिए घर बसाने आईं, फिर गाँव लौट गईं। उचितलाल के तीन बेटे कॉलोनी के स्कूल में पढ़ने लगे। दो बेटियाँ अम्माँ के साथ गाँव में ही रहने लगीं, स्कूल भी जातीं, गाय, बकरी भी चरातीं, मूँज-सीकी की डलिया बुनतीं, घरों की दीवार पर मिट्टी से ही चित्र उकेरती, विवाह योग्य हो गईं। समयानुसार उनके विवाह-गौने हुए। रुक्मी आसनसोल कभी-कभी हो आती। उसके बेटे स्कूल पास कर कॉलेज में पढ़ने लगे थे। उचितलाल का आकर्षण रुक्मी के प्रति बरकरार था। संयुक्त परिवार से जीवन शुरू कर एक-एक संतान आने की यात्रा ने भी इनका संकोच न तोड़ा था, सो अब भी प्रेम का नयापन बाकी था। जूट मिल के पीछे क्वार्टरों का सिलसिला था। दो कमरों, बरामदे और चौके वाले घरों के सामने एक सम्मिलित मैदान था, जिसमें बच्चे खेलते थे। पीछे छोटा आँगन और स्नान, हाजत का स्थान था। क्वार्टर बड़े कायदे का बना था। बाहर मैदान में बच्चे खेलते होते, कभी कबड्डी, कभी क्रिकेट, लड़कियाँ भी तरह-तरह के खेल खेलतीं तथा स्त्रियाँ साथ बैठ बतियाती होतीं। बिहार, बंगाल, उड़ीसा की स्त्रियाँ, अनेक लोक-भाषाएँ जाननेवाली टूटी-फूटी हिंदी सीखती-बोलतीं स्त्रियाँ, कुछ हुनर भी करती होतीं। अगली पीढ़ी स्कूल-कॉलेज जाने लगी थीं। रुक्मी कुछ ही दिन रहकर चली आई। दो बेटे रह गए, बाकी बची दो बेटियाँ और बड़ा बेटा गाँव लौट आए। बड़े बेटे को दादी-बाबा से तो लगाव था ही, खेत बधार, गाय, बैलों से भी था, लेकिन रुक्मी का जाना-आना लगा

रहा। बाबा-दादी के साथ बड़ा पोता खेत का काम देखता। पेड़-पौधे लगाता। रुक्मी को अपने कर्तव्य का भान था। सास-ससुराल की सेवा करती सुखी थी। आखिर जीवन ऐसे ही तो काटा था। बड़े बेटे की शादी-गौना हो जाने के बाद अपने को अधिक मुक्त पाने लगी थी। बेटियों के ससुराल जाने के बाद आसनसोल गई थी, तब देखा, वहाँ का सबकुछ बदला सा है। जूट मिल में तालाबंदी हो गई थी। मालिक ने वे छोटे-छोटे घर कर्मचारियों के नाम रजिस्टर कर जमा सेवा-निवृत्ति लाभ चुकाया था। प्राय: लोग-बाग तीसरे के हाथ बेचकर चले गए अपने-अपने गाँव ठिकाने पर। उचितलाल अब बिना समय के रिटायर हो गए। कोई काम हाथ में नहीं रहा। घर मात्र अपना था। बड़ा बेटा रेलवे की छोटी-मोटी नौकरी पा गया था। छोटा लगा पड़ा था। रुक्मी ने देखा, उचितलाल बेहद उदास है। बेटे अपनी धुन में रहते। दोस्त-मित्र सब जा चुके थे।

"क्यों न हम गाँव चलें?" रुक्मी ने पति को समझाया, फिर बेटों को भी बताया कि यह अपना कर्तव्य नहीं भूल सकती, वृद्ध सास-ससुर को छोड़कर अधिक दिनों तक नहीं रह सकती और उचितलाल भी फैक्टरी नहीं जाते हैं, घर में यूँ हीं पड़े रहते हैं, क्यों न गाँव चले चलें? बेटों को कोई एतराज न था। उन्होंने खुशी-खुशी माता-पिता को विदा किया। रुक्मी के लिए लौटना सामान्य घटना थी, क्योंकि वह तो आती-जाती ही रही थी, लेकिन उचितलाल अंदर-ही-अंदर आहत सा था। उसे लगता कि गाँव को तो उसने त्याग दिया था, वह तो शहरी हो गया था, उसे काम बंद कर आना पड़ा। धीरे-धीरे उसने बथान-मचान से दूरी बना ली थी। इसी के सहारे कई लोगों को आसनसोल के विभिन्न मिलों में नौकरी मिली थी। यही शहरी बाबू बनकर भीतर से खोखला हो गया था। इधर गाँव का स्कूल उत्क्रमित होकर हाई स्कूल हो गया। बड़े बेटे अजय के पुत्र-पुत्री उस में पढ़ रहे थे। उचितलाल की उदासी और चुप्पी को पिता जब तक थे, लक्ष्य किया करते थे। उन्होंने समझाया था कि "हम मजदूर किसान थे, अपने परिश्रम से अन्न उपजाकर स्वस्थ रहते थे। तुम दू अच्छर पढ़कर मिल में नौकरी करने लगे। वहाँ से हर महीने कुछ रुपया भेजते रहे, जो

समाराज में लगा। बँटवारे के बाद जो कुछ आया, उससे हमने पच्छिम तरफ जमीन का टुकड़ा खरीद दिया, जिसमें दलहन होता है। तुम देखो और मन लगाओ," उचितलाल समझाता था कि यह सब उसके लाभ का ही तो हिस्सा है, पर उसका मन नहीं रमता। अपने मन का क्या करे? बेटा अजय खेतीबारी में जुटा रहता, रुक्मी और बहू ढोर-डंगरों की सार-सँभाल में। घास काटने से लेकर सानी-पानी तक वे सँभालती, बच्चे स्कूल जाते तथा छोटे-मोटे काम करते। उचितलाल घास काटना भूल गया था, भैंस की पीठ पर चढ़कर पहसर चराना भूल गया था। शाम को भाईबंदों के साथ बैठकर सत्संग तथा भजन याद नहीं कर सकता था। वह अपने आपसे असंतुष्ट रहने लगा था। एक दिन अपनी छोटी पोती थी, जिद पर उसे साथ लेकर स्कूल गए। स्कूल के अहाते में बने प्रधान शिक्षक के आवास से बुलावा आया। मजदूरों के गाँव में सफेदपोश उचित के साथ बैठना प्रधानाचार्य को सम्मानजनक लगा। उचित का भी मन लगा गया। अकसर वे स्कूल पर या स्कूल के मास्टर साहब इनके दालान पर बैठने लगे। घर में सालों से अनुपस्थिति उचित के किसी भी काम में हाथ न बँटाने को लेकर किसी प्रकार का असंतोष किसी ने न दिखाया, बल्कि सब खुश था कि बाऊजी अब खुश दिखने लगे। हेडमास्टर साहब भी कभी-कभी हिसाब पुस्तक का रजिस्टर थमा देते। घर के बाल-बुतरू को गणित पढ़ा दिया करते उचितलाला।

आसनसोल से खबर आई थी कि मँझले बेटे अभय ने ऑफिस की अपनी सहकर्मी झुमकी दास गुप्ता से शादी कर ली है। दोनों ने रजिस्ट्री शादी की। अभय ने आशीर्वाद देने को माता-पिता को बुलया। झुमकी मात्र दो बहन थीं। माता-पिता नहीं थे। अच्छा यह था कि वह साथ ही काम करती थी, छोटी बहन सोनिया एक स्कूल में विज्ञान पढ़ाती थी। सबसे छोटे साहबजादे विजय बैंक की क्लर्की की परीक्षा पास कर गए थे। अब झुमकी की नजर उसपर गड़ गई थी। बेसहारा स्लम में जीवन काटनेवाली दोनों लड़कियों के पास कुछ खोने तक के लिए भी न था। अभय और विनय के पास गुनाहे बेलज्जत एक अपना घर तो था। झुमकी ने आते ही घर की मरम्मत और विस्तार देने

का प्लान तय कर दिया। दो में से एक कोठरी बरामदा और आँगन अभय का, बाकी विनय का रहेगा। बराबर का बँटवारा, अपने-अपने हिस्से में दोनों भाई घर बना लेंगे स्वतंत्र। 'आधुनिक घर' दास गुप्ता बहनों ने दोनों भाइयों को घेर रखा था। एक तरफ घर बन गया था। अभय तथा झुमी दास गुप्ता चाह रहे थे कि माता-पिता आएँ और आशीष दें। उचितलाल और रुक्मी बड़े संभ्रम लिये आए। जाने इतने वर्षों बाद कैसी होगी कॉलोनी? कौन-कौन बचे होंगे? अपने घर का हाल कैसा होगा? कबिराहा उचितलाल गले में तुलसी माला पहने दुद्धा वैष्णव है। दुद्धा वैष्णव माने, माँ के गर्भ से ही वैष्णव। मैया भी कंठीधारी थी। यही हाल रुक्मी का था। संभ्रम था, बहू को लेकर, बंगालिन बहू जरूर साँकठ होगी, मछलीखोर। अपने घर के दरवाजे को नहीं पहचान पाए उचितलाल। नया घर, ग्रिलबाला दरवाजा लगा था। दरवाजे पर नेम-प्लेट से पहचान पाए उचितलाल। नेम प्लेट पर लिखा था—'अभय लाल महतो झुमकी दास गुप्ता'। बाजू में पुराना छोटा घर रँगा-पुता सा खड़ा था। नया घर दोमंजिला था। उनके पैर पुराने घर की ओर बढ़े। संयोग से विनय घर पर ही था। उसने माता-पिता का हुलसकर स्वागत किया, चरण छुए, अंदर ले आया। दूर के सफर से आए थे, सो थकन साफ दीख रही थी। विनय ने तुरंत चाय-नाश्ते का इंतजाम किया, फिर तो चौके की कमान रुक्मी ने सँभाल ली। अभय को जाकर कह आया विनय कि माँ-पिताजी गाँव से आ गए हैं। अभय दौड़ा-दौड़ा आया, लिवा ले जाने। पर उचितलाल नहीं गए। दूसरे दिन जरूर उस घर का मुआयना कर आए। सुंदर, आधुनिक घर उन्हें देखकर अच्छा लगा। यह जरूर बुरा लगा कि पिता के घर का अपने मन से बँटवारा कर लिया। एक बार पूछा तक नहीं! बहू ने भरसक वाणी में थोड़ी कोमलता घोलने की कोशिश की, पर कामयाब नहीं हुई। देखने से साफ लगता कि वह अपने आपको ऊँचा दर्जा देती है, इन लोगों को गँवार समझती। शांत और चुप रहनेवाले पिता-माता के सामने अपनी बहन सोनिया का रिश्ता बड़ी ठसक के साथ पेश कर दिया।

"विनय को पसंद है तो हमें कोई आपत्ति नहीं।" रुक्मी ने कहा।

"ऐसी लड़की कहाँ मिलेगी अम्माँ, पसंद क्यों नहीं होगी?" झुमकी ने कहा।

"क्यों विनय, क्या कहते हो?" माँ ने पूछा।

"पसंद-नापसंद की बात नहीं है, पर मैं अभी शादी नहीं करूँगा। मेरी ट्रेनिंग चल रही है, मैं कहाँ जाऊँगा, तय नहीं है। शादी की हड़बड़ी नहीं है।" विनय ने कहा। झुमकी मानो आकाश से गिरी। सोनिया झुमकी के साथ ही रहती थी। इस तरह विनय के आगे-पीछे डोलती रहती। उसे पूरा विश्वास था कि अभय की तरह विनय भी सोनिया के आकर्षण में बँध चुका होगा। अपने तेज और अभिजात होने का गर्व तो था ही, लेकिन यहाँ तो पासा ही उलटा पड़ गया! सोनिया पर गुस्सा आया। एक देहाती मानुष तक को नहीं पटा पाई!

"अभी कौन सिंदूर लेकर खड़ा है विनय, मैं प्रस्ताव रख रही हूँ। दोनों एक-दूसरे को देखते-सुनते रहे हो, जोड़ी जमेगी। जब भी शादी करोगे, कर लेना। अम्माँ बाऊजी आए हैं, बात तय हो जाए।" प्रकटतः झुमकी ने कहा। विनय बिना कोई उत्तर दिए बाहर निकल गया। थोड़ी देर में बाजार से राशन-पानी लाकर अम्माँ को थमाया और कहा कि एक माह की ट्रेनिंग पर वह कोलकाता जा रहा है। रविवार को आकर मिल जाया करेगा। झुमकी नाराज होकर अपने फ्लैट में चली गई थी। अभय ने सुना-अनसुना कर दिया। झुमकी ने गुस्से में सोनिया को बुरा-भला कहा। सोनिया चुपचाप सब सुन रही थी। झुमकी विनय के साथ बहन का घर बसा देना चाहती थी, सो न हो सका। 'ऊँह, अगर बुड्ढा-बुड्ढी चाहते तो बात बन सकती थी; पर नहीं। बड़े गहरे पेट होते हैं इनके, देखने में ये गँवार होते हैं, पर हैं बड़े तेज।'

रुक्मी ने बेटे के लिए थोड़े लड्डू बना दिए, ताकि उसके पास कुछ तो खाने-पीने का रहे।

"यह कोलकाता जा रहा है, जंगल-पहाड़ पर नहीं कि यह सब बाँध रही हो!" उचितलाल ने उसे समझाया। पर माँ का दिल! जब समय मिलता, अभय आकर माँ-बाऊजी के पास बैठता, झुमकी कभी अकेली न छोड़ती। सब्जी-दूध वगैरह खुद उचितलाल जाकर ले आते। कितना बदल गया है

शहर, कहाँ गए वे लोग! हवा की सुगंध तक बदल गई है। जूट मिल की दुर्निवार गंध अब कहीं नहीं है, पर तेजाबी वातावरण बन गया है। सुपरिचित स्थान अपरिचित होते हुए भी अपना सा था। उचितलाल का मन तो लग रहा था, पर शरीर गिरने लगा। 15वें दिन विनय ने आते ही ध्यान दिया कि बाऊजी का स्वास्थ्य गिर रहा है। खाँसी बहुत हो रही है। उसने अभय से कहा, "भैया, बाऊजी को रेलवे के अस्पताल में डॉक्टर को दिखा दो। खाँसी उखड़ गया है।" अभय ने गौर किया और अपनी भूल स्वीकारी। विनय चला गया। अभय पिता को रेलवे के अस्पताल ले गया, जहाँ हर तरह की जाँच हुई। दवा वगैरह अस्पताल से दी गई। पथ्य के विषय में रुक्मी को समझा दिया गया। अभय सुबह-शाम पिता के पास आकर बैठता। पिता स्वास्थ्य-लाभ करने लगे। जूट मिल का मुंशी गाँठ गिनने बार-बार गोदाम में जाता था। वहाँ उड़ते जूट के रेशे कब फेफड़े में बैठ गए, जान न पाया! अब शरीर कमजोर होने, आयु प्राप्त होने पर टी.बी. की शक्ल में उजागर हुआ। यह राहत की बात रही कि अब टी.बी. लाइलाज नहीं है।

लेकिन लाइलाज है मनुष्य का अहम्, लाइलाज है सामाजिक विभाजन, लाइलाज है मनुष्यता का क्षरण! झुमकी दास गुप्ता ने उचितलाल और उनकी पत्नी रुक्मी से दूरी बना ली। अभय को भी आने नहीं दे रही थी। विनय की ट्रेनिंग खत्म हुई, उसने पिता के स्वास्थ्य का हवाला देकर अपनी पोस्टिंग यहीं करा ली। स्वास्थ्य सुधर रहा था उचितलाल का। वे जाना चाहते थे अपने गाँव, धनुष के आकार की सीमा छूना चाहते थे, हरे धान के खेतों की हवा से फेफड़ा भर लेना चाहते थे और रुक्मी अपने उस चिरपरिचित गाँव की ओर लौटना चाहती थी, जहाँ दस साल की उम्र से पैरों में पैजनी पहनकर मेला देखने आया करती थी। वह जिंदगी के तमाम मेलों से ऊब गई है। डॉक्टर ने स्वस्थ होने की क्लीन चिट दे दी है। कुछ दवाएँ, कुछ हिदायतें दी हैं; इन्हीं की पोटली बाँध चल पड़ना चाहती है, उचितलाल के पीछे-पीछे। जैसे गौने पर आई थी, वैसे ही उसी देहरी पर अविचल-अविच्छिन्न!

□

6

तुम्हारा इंतजार है

राजमणि बाबू सधे कदमों से निदेशक के कमरे की ओर बढ़े। निदेशक हड़बड़ाकर उठे, "आइए–आइए सर, हम अभी चाय पीने ही जा रहे थे।" सम्मान प्रकट करते हुए खाली कुरसी की ओर इशारा किया।

"अरे नहीं, अमरजी, मैं फिर कभी इत्मीनान से पी लूँगा। पहले काम तो सलटा लूँ।" व्यस्त से दीख रहे थे राजमणि बाबू! मुख्य अतिथि श्रीमती सुलभा उन्हें मुसकराती हुई देख रही थी। उनकी पत्नी उमा, जो विभाग प्रमुख थी, थोड़ी सी असहज दीख रही थी, "हे भगवान्!" होंठों में ही वह बुदबुदाई।

"कौन सा काम सलटाना है बाकी? प्रतिभागी सारे सामान साथ लाए हैं, युसूफ साहब उनका हिसाब क्लीयर कर रहे हैं। काम तो कोई बचा नहीं है।" अमर बाबू ने कहा।

"क्या उमा दी, कोई काम, जो बहुत खास है, वो बचा है क्या?" उमा से मुखातिब था अमर।

"नहीं तो! प्रणाम पाती तथा विदाई तक हो गई सर।"

"तब? राजमणि सर बड़े उद्विग्न से हैं।"

"उद्विग्न रहना इनकी फितरत है अमरजी," उमा ने मुँह बिचकाते हुए कहा। सुलभाजी आज सुबह से, जब से इन लोगों ने इन्हें साथ किया, देख रही थी और ठीक से समझ नहीं पा रही थी। एक रुटीन काम था, कुछ शिक्षकों की कार्यशाला थी, जिसका आज समापन था। कुछ सर्टिफिकेट बँटने थे तथा

वार्त्तालाप था। सारे उत्तरदायित्व वाले शिक्षक थे, सो पूरा कार्यक्रम सहज संपन्न हो गया था। 15 दिनों की कार्यशाला संपन्न करने के लिए अतिथिगृह का प्रबंध किया गया था। वे वहीं आराम से थे। वहीं गोष्ठियाँ होतीं, बैठकें होतीं, उपरांत बैठकें भी होतीं। प्रतिदिन उमा आतीं, दिनभर रहतीं। पहले दिन जब साथ में राजमणि बाबू लपककर साथ हो लिये, तब उमा ने गाड़ी में ही उन्हें कड़े शब्दों में कहा, "आप कहाँ जा रहे हैं?"

"क्यों उद्घाटन है न? आपकी सहायता करने जा रहा हूँ। उद्घाटन में कोई गड़बड़ न हो, है न सुलभा दी?"

"यह रुटीन काम है राजमणि बाबू, इनकी नौकरी भी 33 वर्षों की हुई। इतने बड़े विश्वविद्यालय का विभाग चलाती हैं।"

"हाँ-हाँ, मैं समझ रहा हूँ। मैं तो सिर्फ सहायता कर रहा हूँ। दूर-दूर से लोग आए हुए हैं।"

तभी एक फोन आ गया। राजमणि बाबू व्यस्त हो गए। वे फोन करनेवाले को अपनी अति व्यस्तता समझाने को। कहने लगे कि बहुत मसरूफ हैं, कार्यशाला में व्यस्त हैं। उधर से शायद पूछा जा रहा था, कितने प्रतिभागी आए हैं? व्यवस्था कैसी है? राजमणि बाबू ताबड़तोड़ जवाब दिए जा रहे थे।

"ऐसा लगता है ये ही कार्यशाला के कोऑर्डिनेटर हैं। इनको यह सब बोलने की क्या जरूरत है?" इसी कारण कई प्रोफेसर कलीग मजाक उड़ाते हैं कि अब तो सर आ ही गए हैं रिटायर होकर, आप बड़ी तिलौरी सुखाइए मैम, सर यूनिवर्सिटी भी सँभाल लेंगे।

"हाँ, थोड़े सहयोगी प्रकृति के हैं, तुम लोगों को जलन क्यों होती है?" हँसकर उड़ा देती है उमा। हे प्रभु, यह समीकरण, जो सुनने-देखने में बड़ा अच्छा लगता है, वह वस्तुतः कितना त्रासद है, उमा ही जान सकती हैं। एक ही काम, एक ही विषय। जीवन बहुत अच्छी तरह बीत गया, क्योंकि इनके विश्वविद्यालय अलग-अलग थे, निकट भी नहीं थे, गंगा के आर-पार थे। यह सुविधा भी नहीं थी कि विश्वविद्यालय बदल सकें। उमा के लिए वरदान था

यह। अलबत्ता जब वो आते तो खास विषय पढ़ाना सिखाते। इसका मन करता कि उन्हें डपट दें कि मैंने भी वही विषय पढ़ रखा है और वैसे ही चुनकर आई हूँ, जैसे आप, परंतु शालीन रहने के एवज में सदा सुनना पड़ता। शहर में पली-बढ़ी उमा ने कभी अपने को इतनी नाचीज नहीं समझा कि वह स्कूल से आकर अपने भाइयों का जूता साफ करे, पर गाँव के सुर्खरू बाबू राजमणि इसी से आशा करते थे कि इनके रूमाल से लेकर जूतों तक का खयाल यही रखे। उमा ने अपने तीनों बेटों को सबकुछ सिखाया और स्वावलंबी बनाया। सिर पकड़े सोचती उमा के चेहरे पर अपने पुत्रों की याद से एक स्निग्ध भाव उभर आया।

"उमा, तुमने पिछली बार की स्मारिका मुझे दी थी क्या?" सुलभा ने उसका तनाव दूर करने को मानो पूछा।

"वह लोक संस्कृति वाला अंक क्या दीदी?"

"हाँ, वही।"

"ऐसा कैसे हो सकता है कि न भेजा हो!"

"हो सकता है, न भेजा हो, आप भूल जाती हैं, वो तो मैं याद दिलाता रहता हूँ।" राजमणि बाबू भी टपक पड़े। अमर बाबू सिर नीचे कर मुसकराने लगे। सुलभाजी मन-ही-मन पछताने लगीं कि क्यों प्रश्न किया! उमा के सुनहरे गोरे गाल क्रोध से लाल होने लगे। तभी पियुन खुशबूदार चाय की प्यालियाँ लेकर आ पहुँचा, राजमणि बाबू भी मसरूफ हो गए।

"चला जाए मैम, आपको छोड़ती हुई मैं घर पहुँचूँगी।" कहा उमा ने और अपने बैग के साथ सुलभाजी का पर्स भी उठाकर खड़ी हो गईं।

"नमस्ते मैम, आपके साथ समय अच्छा गुजरा।" अमर बाबू ने खड़े होकर अभ्यर्थना सी करते हुए कहा।

"नहीं-नहीं अमर, आपकी व्यवस्था की मैं कायल हो गई हूँ।" उमा ने हँसकर कहा।

"सचमुच अमर बाबू आपने तो कमाल की टंच व्यवस्था की थी, मैं आपका आभारी हूँ।" उमा की बात को राजमणि बाबू ने आगे बढ़कर दुहराया।

पोर्टिको में जहाँ गाड़ियाँ खड़ी थीं, वहाँ बहुत सारे प्रतिभागी खड़े थे। किसी-न-किसी बात पर वे अपना विरोध दर्ज कर रहे थे।

"मैंने इन्हें समझाने की चेष्टा की, पर यह सुनें तब न! अब अनुभवहीन समझकर आप इन्हें माफ करें। अगली बार से कभी मैं आप सबको कोई शिकायत न होने दूँगा।" बीच में कूद पड़े राजमणि बाबू। उमा ने सुलभाजी को गाड़ी में बैठाया। स्वयं बैठीं और ड्राइवर को चलने को इशारा किया। राजमणि बाबू भी साकांक्ष हुए।

"हाँ तुम जाओ, मैं सब सलटाकर पीछे से आता हूँ।" कहकर विदा किया। बहुत दूर तक उमा चुप और सुलभा अवाक् सी थी। वह सोच रही थीं कि यह कुछ ऐसा भी नहीं करता है कि बहुत क्रोध किया जा सके, पर वातावरण भारी किए रहता है। उन्होंने उमा का हाथ पकड़ा और आत्मीयता से दबाया। उमा ने उनकी ओर फीकी मुसकान फेंकी। वे भी मुसकराईं। संवादहीनता मुखर थी। 'जब जीवन का तीन हिस्सा निकल गया, तब क्या सोचना, कट ही जाएगा बहना।' सोच रही थीं सुलभाजी।

बहुत कठिन है दीदी, सुबह-शाम, दिन-रात इसके साथ रहना यौवनकाल का उद्याम समय नहीं रहा, अब थिर मन पर कंकड़ फेंकना बरदाशत नहीं होता। हम सिर्फ और सिर्फ अपना-अपना काम करते क्यों नहीं रह सकते?

सहन में खड़े-खड़े राजमणि बाबू अपमान पी गए जान पड़ा। यह तो नई बात हुई कि उमा ने इनके मुँह पर गेट बंद कर दिया और ड्राइवर को लेकर निकल गई। क्यों कहा कि काम समेटकर आएँगे? काम तो उसका है, मैं कौन यहाँ का कोऑर्डिनेटर हूँ। मैं तो अनुभवी और बड़ा होने के नाते मदद कर रहा था। अब प्रतिभागी उससे नाराज थे तो मैं क्या कर सकता हूँ? मैंने उन्हें शांत करने की कोशिश तो की। ओह, सचमुच साठ के बाद औरतों की बुद्धि घास चरने चली जाती है। उन्होंने करुणामय होकर सिर हिलाया। उनका सद्पौरुष जाग उठा। वे सधे कदमों से परिसर से बाहर निकले। एक पूरी ऑटोरिक्शा रिजर्व कर बैठ गए। मन में आया कि दौड़कर उमा तक पहुँचें और उसे सँभालें। अजीब से जाम से उबरती गाड़ियाँ घर तक पहुँचीं, जब ये थककर चूर

हो चुके थे। उमा कुछ ही पहले पहुँची थी। हाथ धोकर खाने के टेबुल पर बैठी थी। उसे भूख लग आई थी। सोचा, राजमणिजी भी भूखे होंगे। एक बार फोन लगा ले और पूछे कि वो हैं कहाँ? उमा को लगा कि अधिक रिएक्ट कर गई उस समय। राजमणि इसी की मुश्किल आसान करना चाह रहे थे। सुलभाजी ने भी जाने क्या सोचा होगा! फोन करने से पहले उमा ने प्लेटें लगा लीं। हॉट बॉक्स पास सरका लिया। दरवाजा खोलकर मोबाइल का बटन दबाया; सामने से राजमणि रिंग होते मोबाइल की ओर देखते हुए प्रवेश कर रहे थे। पिछली बार बड़ी पोती ने नया रिंगटोन लगा दिया था—'तुम्हारा इंतजार है।'

□

7

सुखासन

जिस उपवन में आकर राजा का रथ रुका था, वह आश्रम था। आश्रम का हेमक्षेम सम्राट् का दायित्व था, किंतु उस पर अधिकार नहीं माना जाता। वह पूर्णतया आश्रमवासियों का होता। यहाँ बिना उनकी अनुमति के प्रवेश निषेध होता। साधारण रथ पर कुछ सेवकों के साथ दुष्यंत भ्रमण को निकले थे। इधर की आबोहवा उन्हें रास आ गई, वे ठहर गए। आश्रम बड़ा मनोरम लगा। बड़े-बड़े विटप ऐसे थे, जो सीधे खड़े थे। नीचे से ऊपर तक सुचिक्कण, ऊपर जाकर पत्तों के वितान, फिर घने छतनार पेड़। एक चैकोर बावड़ी, घास का हरा मैदान, जहाँ इन लोगों ने अपना पड़ाव डाला था। जहाँ से आश्रम शुरू होता, वहाँ लघु पादप से लेकर मँझोले फूलदार पेड़-पौधे थे। रहने का प्रबंध हो जाने के बाद दुष्यंत का ध्यान आश्रम की ओर गया। वहाँ का सौष्ठव सुषमा को अधिक बढ़ाता सा लगा। कुछ बच्चे खेलते दीखे। कुछ तापसियाँ विचरती लगीं। पूर्वाह्न में संध्या-गान की शिक्षा दी जाती हो मानो, इस प्रकार की ध्वनियाँ सुनाई पड़ीं। संध्या काल में साज तथा सुर के साथ नृत्य की झंकार सुनाई पड़ीं। उन्होंने अपने विशेष सहायक को बुलाकर पूछा कि यह आश्रम किस ऋषि का है ?

"ऋषि का पता नहीं प्रभु, परंतु महिलाओं को ही देखा है। एकाध युवक हैं पुरुष और कुछ बालक, अन्यथा स्त्रियाँ ही हैं।"

"वाह ! बालिकाएँ ही शिक्षा पाती हैं क्या ?"

"ऐसा ही जान पड़ता है।" तभी दो-चार बच्चे जलाशय की ओर आए। जलाशय चौकोर था और सावधानी से चारों ओर से पत्थरों के पाए से वेष्ठित था। हाँ, एक तरफ पत्थर नहीं थे। संभवत: पशुओं के जल पीने या स्नान करने के लिए यह उपाय किया गया था। बच्चे जलाशय तट पर बातचीत कर रहे थे। एक दसेक वर्ष का बालक जल में उतरकर तैरना चाहता था। पर साथ के दूसरे बालक और तीन बालिका उसे रोक रही थीं।

"माता ने मनाकर रखा है इस जलाशय में तैरने से। यह गहरा और फिसलन भरा है, चलो, अंदर चलकर तैरना।" एक थोड़ी बड़ी बाला ने कहा। "तुम सब को तैरने आता है। मुझे भी आता है, फिर डूबेंगे कैसे?" उस बालक ने कहा, "तर्क न करो, चलो, बाला ने कहा, चलो।" उनकी नोंक-झोंक और कहने-सुनने का अंदाज इतना अच्छा लग रहा था दुष्यंत को कि वे एकटक उन्हें निहारने लगे। दुष्यंत के ताँबई मुखमंडल पर वात्सल्य भाव पसर गया। अहा, कितना सुंदर और चंचल बालक है! सोचा उन्होंने। लड़कियाँ और साथ का लड़का पूरी कोशिश कर रहा है, इसको तैरने से रोकने को, पर वह मान नहीं रहा है। इन लोगों को अपनी ओर देखते देख वह बालक बगटूट भागा इनकी ओर।

"प्रणाम श्रीमान।" हाँफते हुए उसने हाथ जोड़े। दुष्यंत ने सिर पर हाथ फेर आशीष दिया।

"आप लोग कई दिनों से यहाँ हैं, क्या आखेट के लिए यहाँ आए हैं?"

"नहीं पुत्र, मैं यूँ ही भ्रमण पर निकला हूँ। आखेट करना होता तो सघन वन की ओर जाता। इस उपवन में रावटी गिराकर नहीं रहता।"

"हाँ, यहाँ आखेट वर्जित है। माता ने किया है, फिर मेरे मित्रगण भी तो हैं, उन्हें न छेड़ना।"

"कभी नहीं। मैं आदेश का पालन करूँगा।" दुष्यंत ने विनम्र होकर कहा। उनके सहायकगण मुसकरा रहे थे। वे मन-ही-मन उदास थे कि हमारे सम्राट् को संतान ही नहीं है। बालकों से स्नेह करते समय उनकी पीड़ा छलक जाती है। महाराज वीतराग होते जा रहे हैं। सचमुच आखेट इत्यादि में मन नहीं

रमाते हैं। अलबत्ता आश्रमों को, उनके कुलपतियों, आचायों तथा छात्रों को खुलकर दान देते हैं। वर्ष में चार बार किसी-न-किसी आश्रम के पास सप्ताह भर जरूर रहते हैं। राज-काज से अभी मन ही उचटा है। न जाने क्या होगा इस देश का, यदि ऐसा कुछ इस कठिन समय में हो जाता तो? बाहरी आक्रमणों से सीमा की रक्षा, अंदरूनी जनजातियों से स्नेह-सौहार्द बढ़ाना आवश्यक होता है। वनोपज न हो तो मात्र धान्य से जीवन नहीं चलता। दुष्यंत संतुलन बनाकर चलनेवाले सम्राट् थे।

"श्रीमान् आप लोग इसी तड़ाग में स्नान करते हैं न?" उस बालक ने पूछा।

"हाँ पुत्र!" दुष्यंत ने कहा।

"आप सब तैरना जानते हैं न?" उसने सबों की ओर इंगित कर कहा।

"हाँ, हम सब तैरना जानते हैं।" सहायक ने कहा।

"तो हम स्नान करते तैरते यदि डूबने लगे और चिल्लाए, 'बचाओ-बचाओ' तो बचा लेंगे कि नहीं?" दुष्यंत हो-होकर हँसने लगे। सहायक ने लपककर कहा—"क्यों नहीं?" उसे इस बालक पर प्यार आने लगा। इसी के कारण सम्राट् आज खुलकर हँसे। तब तक बालक के सारे संगी-साथी निकट आ गए थे।

"आपकी माता ने आदेश दिया है कि इस तड़ाग में आप स्नान न करें, यह सच है?" दुष्यंत थे।

"जी आदेश तो है। पर आपको पता है माता, जो सबके लिए कठोर है, मेरे प्रति कुछ अधिक ही हो गई हैं। अब देखिए, मैं बड़े तालाब में तैरूँगा, तभी तो बड़ा हो सकूँगा?" दुष्यंत को फिर हँसी आ गई। "आप बड़े होंगे, तब आप स्वयं बड़े तड़ाग में तैरने लगेंगे। माता का यह कठोर लगनेवाला आदेश कोमल है। उन्हें आपकी सुरक्षा की चिंता है।"

"फिर तर्क में उलझा रहे हो श्रीमान् को।" बड़ी बालिका ने कहा।

"आपका नाम क्या है पुत्र?" दुष्यंत ने पूछा।

"भरत है मेरा नाम।"

"माता और पिता का नाम ?"

"माता को सभी माता कहते हैं, नाम नहीं पता। पिता के विषय में नहीं जानता।"

"आदेश का पालन किया जाता है, माता के आदेश की कभी अवज्ञा नहीं करनी चाहिए।" कहते हुए कब दुष्यंत ने भरत को गोद में भर लिया, वह चुपचाप उनके कंधे घेरकर सट गया, यह न जाना, परंतु आश्रम के बच्चों को यह आश्चर्य का विषय लगा। भरत कभी किसी की गोद में नहीं चढ़ता। दुष्यंत के सहायकों को भी आश्चर्य हुआ कि सम्राट् अनजान वनवासी बालक को गोद में लेकर आनंदित हैं। उनके मन में एक बात आई कि प्रभु संतानहीन हैं। इस बालक में उन्हें अपना संतान-सुख मिला है संभवतः !

बालक भरत की देहगंध कमलपत्र सी लगी दुष्यंत को, रंध्र-रंध्र में समाया सुगंध पहचाना सा लगा। यह सबकुछ ही एक पल में घटित हुआ कि बालक सरसराकर उतर गया। उतरकर दौड़ता हुआ तड़ाग के पूर्वी कोने पर पहुँचा। वहाँ तीन-चार सिंह शांवक जल पी रहे थे। सिंहिनी पसरी लेटी थी। बालक को उधर जाते देख दुष्यंत घबराकर दौड़ने को हुए। सहायक दौड़ पड़े कि बड़ी बालिका ने वर्जित किया।

"श्रीमान्, ये सब भरत के मित्र हैं। दौड़ते हुए रुक गए सभी और चकित होकर देखा, भरत दो शावकों को गलबहियों दिए झूल रहा था। सिंहिनी पूर्ववत् पसरी हुई चिंताविहीन पड़ी थी। दुष्यंत ने अपने आपको चिकोटी काटी, 'क्या जो कुछ देख रही थीं आँखें, वह सत्य है ?' सबकुछ सत्य था। थोड़ी ही देर में कोई आयु प्राप्त तापसी आई तथा सभी बालक-बालिकाओं को डाँटकर ले गई। भरत के साथ पीछे लगे शावकों को भी दो-चार चपत लगा गई। कोलाहल सुन सिंहनी ने सिर उठाकर कुछ पल देखा, फिर ऐसे लेट गई, मानो यह प्रतिदिन की घटना हो। नगरवासी सेवक और स्वयं सम्राट् को अवाक् छोड़ बालक-बालिका आश्रम की ओर चले गए। मोटे जूट के बने रावटी में अपनी रवाट पर लेटे दुष्यंत को वर्षों पहले का वन-भ्रमण याद आया। सम्राट् के मुकुट को धारण करने के कुछ दिनों बाद का पहला वसंत था। भ्रमण

और आखेट के उद्देश्य से कुछ मित्र तथा विश्वस्त सेवकों के साथ मिलकर निकल पड़े दुष्यंत। राजसी ठाठ से बचकर निकलने की अपनी आदत के अनुसार उन्होंने वन के किनारे पड़ाव डाला था। दूसरे दिन वे अकेले चुपचाप आखेट को निकले। एक मृगी घास चर रही थी। उसका गहरा रंग और चितकबरी काया दूर से ही आकर्षित कर रही थी। दुष्यंत ने सोचा कि इसके चर्म की आसनी बहुत सुंदर लगेगी। तीर की नोंक उसी की दिशा में सीधी थी, अब कमान से वह निकल अनजान हिरनी को बेधनेवाली थी कि एक युवती गोद में मृगछौने को लेकर अनायास प्रकट हो गईं। दुष्यंत ने प्रत्यंचा ढीली की, हाथ नीचे कर लिया। अपलक उस अनिंद्य सुंदरी को देखने लगा। संभवत: निकट ही कोई आश्रम है। तभी उसकी दृष्टि घूमी। वह कभी सौष्ठवपूर्ण युवक की ओर देख रही थी, कभी उनके धनुष को। दो युवतियाँ भी दौड़ती हुई आ गईं। हिरणी चरना छोड़ चकित भीत सी उन युवतियों के पास चली गई।

"आप यहाँ आयुध लेकर क्या कर रहे हैं महोदय?" एक युवती ने पूछा।

"आप आखेट वर्जित वन में हैं।" दूसरी ने कहा।

"क्षमा करें, मुझसे भूल हुई।" युवक ने तीर तूणीर सें रख दिया और धनुष काँधों पर नि:शब्द जाने को मुड़ा कि युवतियों की आर्त पुकार सुनाई पड़ी। यह तुरंत मुड़ा कि देखा एक काला भ्रमर मृगछौने पकड़े युवती के मुखमंडल पर मँडरा रहा है। उसके हाथ से हिरण फिसलकर गिर पड़ा और इधर–उधर उछलने लगा। दुष्यंत ने अपने उत्तरीय से झटके मारकर भँवरे को हटा दिया, युवतियों की जान में जान आई। आभार से नत आँखें दुष्यंत को बाँध रही थीं मानो। तीर तरकस में रह गए, सम्राट् घायल हो गए। आश्रम की बाला शकुंतला को सर्वस्व निछावर कर दिया। सम्राट् थे। गांधर्व विवाह कर प्रकृति के सामने स्वीकार किया युवती पत्नी को। आश्रम के तथा शकुंतला के अभिभावक कहीं भ्रमण पर निकले थे। सम्राट् ने पूरे आन, बान और शान से विदाई का भरोसा दिया तथा राजधानी की ओर चल पड़े। राजधानी के समाज ने सुना, वन में जिस आश्रमवासी ऋषि की कन्या को चुना है, जिसका पाणिग्रहण किया है, उसका जन्म विवादास्पद है। वह कण्व की पुत्री नहीं है।

उसे पट्टमहिषी कैसे बनाया जाएगा? सम्राट् स्वयं के मनोरंजन के लिए उन्हें रख सकते हैं, किंतु पट्टमहिषी कदापि न बनाएँ। यह गरिमा के अनुकूल नहीं है। इस रानी को प्रजा स्वीकार नहीं करेगी।

कण्व आए, नियति-चक्र का खेल देख हतप्रभ रह गए। युवा पुत्री पर क्रोध तो आया, परंतु कर्तव्य भी याद आया। उन्होंने संपूर्ण विनम्रता से पाणिग्रहीता पत्नी को स्वीकार करने का आग्रह किया सम्राट् से। सम्राट् विवश थे। राजसभा में वे मौन रह गए।

"परंतु मैं विवश नहीं हूँ।" सबकुछ सुनकर आई हुई माता ने कहा। मेनका शकुंतला की माता थीं। उसने उद्घोष किया, "हे पालनकर्ता पुरुष ऋषि कण्व! पाणिग्रहण करनेवाले सम्राट् दुष्यंत, यह माँ अपनी बेटी का पालन कर लेगी। तुमलोगों को इसके द्वार आना पड़ेगा, यह नहीं है आश्रित किसी की। चलो बेटी।" ठगे से देखते रहे थे दुष्यंत शून्य में ताकते से, प्रजा की ओर याचक हो बारंबर। प्रजा कठोर दंड लेकर खड़ी थी। प्रजा समाज था, जो भावना नहीं देखता। कुछ नहीं कर सके सम्राट्। पट्टमहिषी के लिए चुनी गईं राजपुत्रियाँ आईं, पर संतान से वंचित रहे। बार-बार स्मरण हो आता कि शकुंतला गर्भवती थी। संतान तो हुई होगी, उसकी ही तरह की सुघड़ पुत्री किंवा मुझ सा पुत्र! आह! क्या हुआ होगा।

"क्या विचार रहे हैं सम्राट्? आश्रम से आमंत्रण आया है बालिकाओं का सामगान सुनने। चलेंगे न?" सहायक ने पूछा।

"हाँ-हाँ, चलेंगे।" दुष्यंत चल पड़े। आश्रम में चंदन तिलक लगाकर स्वागत किया गया। बालिकाओं का गान मंत्रमुग्ध करनेवाला था। शकुंतला ने देखा और पहचान गई। चपल नवयुवक, श्लथ युवक के परिवर्तित रूप में बढ़े श्रमश्रु में भी वही तो था। मुखमंडल पर स्थायी उदास भाव, आँखें थकी-थकी। क्या यही वह प्रतापी राजा है, जिसने आर्यावर्त की सीमा को ब्रह्मावर्त तक सुरक्षित कर लिया है? इन्हें हुआ क्या है? मन में कुछ टूटा, पर सँभल गई। यह युद्ध-कौशल में प्रवीण सम्राट् नहीं, एक वंचित पिता है, एक निर्बल पुरुष है, शकुंतला भीतर से भीग गई, आर्द्र हो आई।

बालक भरत दुष्यंत की गोद में बैठा था। उतरकर भागा, "नानी आ गईं, नानी आ गईं।" कहते। दुष्यंत के सामने मेनका खड़ी थीं। उन्होंने चरण छूए।

"प्रणाम माता।"

"ऐसे कैसे रूप में पधारे सम्राट्?" मेनका ने प्रश्न किया।

"मैं गुप्त भ्रमण को निकला था।"

"प्रयोजन?"

"मन की शांति।"

"मिल गई?"

"आपसे मिलकर सफल मनोरथ तो होगा माता।" सबकुछ देख तापसी माता शकुंतला के झर-झर आँसू बह निकले।

"माता, मैं चरणों में तब तक पड़ा रहूँगा, जबतक आप मुझे क्षमा न करेंगी।"

"क्षमा तुम्हें वह करेगी, जिसको वंचना मिली, जिसका अपमान हुआ, मैं नहीं। शकुंतला आगे आओ।" दुष्यंत ने उस तापसी को देखा और दृष्टि नीची कर ली। तेज सहन न हुआ।

"पुत्र भरत, ये तुम्हारे पिता हैं—सम्राट् दुष्यंत।" भरत माँ से लिपट गया और संभ्रम से दुष्यंत की ओर देखने लगा।

"माता, आदेश दें, मैं अभी इन्हें ले जाऊँ।" मेनका से कहा सम्राट् ने।

"आप अपने पुत्र को ले जाएँ, इनका संस्कार अपने अनुरूप करें। मेरा आपका इतना ही संबंध था।" शकुंतला ने दृढ़ होकर कहा। सम्राट् घुटनों पर बैठ गए।

"मुझे क्षमा करें। मेरी प्रजा को क्षमा करें।"

"क्षमा कर दिया उसी समय, परंतु मैं यहाँ इस आश्रम से कहीं नहीं जाऊँगी, मेरी तरह अनेक कन्याएँ हैं, जिन्हें मेरी आवश्यकता है। आप प्रस्थान करें राजन!"

"माता, मैं आपको छोड़कर कहीं नहीं जाऊँगा।" भरत ने चिपककर कहा।

"आपको माता का आदेश मानना चाहिए भरत। आप जाएँ, आर्यावर्त को आपकी प्रतीक्षा है। आशीर्वाद है कि सबल सम्राट् हों, सबल पुरुष भी हों।"

शकुंतला ने अपने जीवन के दोनों पुरुषों को विदा किया और सामगान करती बालिकाओं के बीच सुखासन में बैठ गई।

□

8
औकात

अनायास जाने क्यों रंभा का मन आकुल-व्याकुल हो उठा। आज वह साठ वर्ष की हो गई। 61वाँ लग गया। शरीर सौष्ठव नानी की भाँति दुबला-पतला है। गेहुँए रंग की है, मुखड़ा छोटा सा। छरहरे बदन की, सुंदर व्यक्तित्व की स्वामिनी है रंभा। संतानवती हो नहीं पाई, दिन भर शारीरिक श्रम करती रही, कभी फुरसत नहीं मिली कि उम्र का बड़ा भाग निकल गया, उस पर कुछ सोचती रंभा। आज भी 15वें पर अटकी हुई है, कवि तथा काव्यरसिकों द्वारा वर्णित 16वें वर्ष के क्लासिकल मुहूर्त की प्रतीक्षा में। दिन भर के कामकाज से थकी-माँदी रंभा रात को भतीजा-भतीजी को अँकवार में भरकर जो कथा सुनाती, आज भी उस कथा में हक्का धारा और पिरथिया श्मशान ही उपस्थित रहता। भतीजा-भतीजी के बच्चों को कथा सुनाते 40 साल बीत गए। अब उनके बच्चों को वही कथा सुनाती। रंभा कथा में गाय, बकरी, कौआ, कोयल की आवाज की नकल उतारती, वहीं कारण था कि पीढ़ी-दर-पीढ़ी के बच्चों को इसकी कहानियाँ भातीं, यह सदाबहार कथावाचक रही। कटिहार में रहते भी 30-40 साल हो गया। छोटा भाई और भौजाई सेवानिवृत्त हो गए। रंभा की इच्छा थी कि रिटायरमेंट के बाद स्थायी घर भाई सहरसा अपने गाँव के निकट ही बनाए। उन्होंने अपने बेटे-बेटियों की शादी इसी इलाके में कर ली थी। 40 साल इधर रहकर भी रंभा का मन रमा नहीं कभी। सहरसा में रहती रंभा तब कभी-कभी नानी के गाँव जाती।

उसका बचपन नानी के गाँव में ही बीता था। पूरे गाँव की नानी, मामी लोग बहुत प्यार करतीं। नानी के गाँव के प्राइमरी स्कूल में रंभा ने पढ़ाई की थी। रंभा पाँच बहनों में दूसरे नंबर पर थी। 15वाँ लगा नहीं कि विवाह कर दिया गया। नानी गाँव से गाय की तरह पिता के पीछे-पीछे आ गई। दूल्हा झरिया के कोयला खदान में सुपरवाइजर था, सरकारी नौकरीवाला वर मिला था, सो लोग इसके भाग्य को सराहते।

ममेरी बहन शिखा गोद से कहाँ उतरना चाहती थी, रो-रोकर हलकान हो रही थी। सबकुछ साफ-साफ दीखता है, जब यह जरा सी अकेली होती। रानी और शिखा जवान हुई, पढ़-लिखकर बड़ी अफसर हो गई हैं। कटिहार में किसी महिला प्रोफेसर या अफसर को देख रंभा उन्हें ही याद करने लगती। दोनों बहन की इन स्त्रियों से मन-ही-मन तुलना करने लगती। सुना कि वे दोनों भी रंभा से मिलना चाहती है, पर आज तक न मिल पाई।

रंभा की ससुराल से मधुश्रावणी त्योहार का सौगात आनेवाला था। वह नहीं आया। आया मर्मांतक समाचार। उसके पति खान की बड़ी दुर्घटना में मारे गए। 16वें साल के जादुई प्रवेशद्वार पर रंभा के पैर थम गए। उसी मुहाने पर उसकी चूड़ियाँ तोड़ दी गईं, सिंदूर पुँछ गए, श्रृंगारहीन हो गई रंभा 16वें साल में वह काले जादू के गर्हित गहवर में ढकेल दी गई। रंभा हत्वाक् टुकुर-टुकुर ताक रही थी। समझ रही थी कि अब वह सिंदूर, चूड़ी तथा श्रृंगार की अधिकारिणी नहीं रही। मछली की गंध से भी दूर रहना होगा, रस और स्वाद की क्या बात! और कुछ नहीं। देह और गेह के बारे में सोचने की न अक्ल थी, न फुरसत। अभी तक वो पंचगोटिया और छुपम-छुपाई में मशगूल थी। खाना नानी बनातीं, रंभा चचेरी मामी-मौसी लोगों के साथ मस्ती करतीं। थोड़ा-बहुत सीना-पिरोना सीख रही थी। काले कपड़े पर सफेद रुई का खरगोश, गाय बनाती। फ्रेम कराके दीवार में टाँग लेती। क्रोशिया का थालीपोश बुनना सीखती। कोई काम संपन्न किए बिना रानी को गोद में ले शिखा की उँगली पकड़ घूमने-फिरने निकल जाती। सभी नानी और मामी के आँगन प्रतिदिन जरूर जाती। सबसे छोटी नानी बाट जोहतीं, "रंभा आ बेटी,

मैंने तुम्हारे लिए अनरसा छुपाकर रखा है।"

मँझली नानी गुलगुला सँभालकर रखतीं। कोई मामी बड़ा कटोरदान में रखतीं तो कोई सौगात में आया पेड़ा रखे रहतीं। बदलें में रंभा उन लोगों के लिए, झरबेरी, खेसारी मटर का साग और टिकोले समयानुसार ला देती। चटपटे झक्के बनाने में मदद करती। अपनी नानी गुस्सा करतीं, "अरी पगली तू तो सब आँगन जाकर खाती ही है, शिखा और रानी को भी अपनी तरह की क्यों बना रही है ? बड़े नाना नाराज होंगे।"

रंभा को कोई फर्क नहीं पड़ता। रंभा ने कभी ससुराल का मुँह भी न देखा कि यह विपत्ति आन पड़ी। वह अम्माँ के आँचल में मुँह छुपाए बिसूरती रही। ससुराल की ओर से कोई आँसू पोंछने भी न आया। दोषारोपण रंभा पर करते रहे वे लोग कि यही कुलक्षणी है। सरकारी पेंशन और मुआवजा भी किसी को खड़ा कर उन लोगों ने हड़प लिया। कुछ लोगों ने रंभा के पिता को उसके ससुर पर मुआवजा, पेंशन वगैरह के लिए मुकदमा करने की सलाह दी। पर शोकमग्न पिता ने कहा, "मैं अपनी बेटी को पाल सकता हूँ। उन्हें मोह-माया नहीं है तो जाने दीजिए।" बात आई-गई हो गई। दो-तीन साल यूँ ही बीत गए। रंभा को नानी गाँव कभी जाने न दिया गया। नानी स्वयं आकर मिल जातीं। कुछ साल और बीते। रंभा का छोटा भाई नौकरी करने लगा। उसकी शादी पढ़ी-लिखी लड़की के साथ हुई। उसे भी नौकरी मिल गई। कटिहार में एक कॉलेज में भाई प्रोफेसर हुआ तथा स्कूल में भावज टीचर हो गईं। दोनों की नई गृहस्थी बसाने रंभा कटिहार अपनी अम्माँ के साथ ही गई। भावज को पहली संतान होनेवाली थी। संतान होने के एक महीने बाद माँ-बेटी लौटने लगीं। तब भाई ने बड़े आह्लाद में भरकर अपने बेटे को बहन की गोद में रख दिया, "यह बेटा तुम्हारा हुआ छोटी दी, कहीं न जाओ तुम।" अम्माँ रोने लगी।

"बाबू, जो कहा है, सदा याद रखना, भूलना नहीं।"

"कभी नहीं भूलूँगा अम्माँ, तुम छोटी दी को यहीं छोड़ दो। तुम्हारी बहू-बच्चे को दूध पिलाती है। दीदी चली जाएगी तो···।"

"समझ रही हूँ बाबू।" अम्माँ का गला भर आया।

"यह घर छोटी दीदी का ही है। यह मालिक, हम मजूर अम्माँ।" रंभा अबूझ सी अपने भतीजे को छाती से सटाकर बैठी थी। अम्माँ घर चली गई। भाभी ने फीके रंग की साड़ी खरीद दी, सफेद रंग से निजात मिली। रोल्ड गोल्ड की चार-चार चूड़ियाँ पहना दी। कलाई अब सूनी न रही। कंघी चोटी करने की प्रेरणा दी। कहा, "छोटी दी, विधाता ने जो कुछ छीन लिया, वह हम लौटा नहीं सकते, पर जीना आसान कर दें, यही चाहते हैं। विधवा ब्राह्मणी के लिए जो कुछ वर्जित है, उसका निराकरण नहीं कर सकती।" कहने का अर्थ था कि यम-नियम का पालन करती रहें, व्रत-तप करती रहें।

दो वर्षों में बच्चा दौड़ने लगा, माँ-पापा-दीदी बोलने लगा। रंभा बच्चे में लिप्त-तृप्त थी। भौजाई ने दूसरी संतान बेटी को जन्म दिया। दोनों बच्चों को पालने का पूर्ण दायित्व रंभा पर था। चौका भंडार और गृहकार्य का संपूर्ण भार उसने स्वत: अपने सिर पहले से ले रखा था। भाई-भावज की छुट्टियों के वक्त गाँव आती, तब भी दोनों बच्चे उसी में चिपके रहते। उसे देख दादी-काकी कोटि की स्त्रियाँ आहें भरतीं। यह कहती भी नहीं अघाती कि भागों वाली है रंभा, जो भाई-भावज अपने साथ इज्जत प्रतिष्ठा से रखे हैं। दोनों बच्चे अम्माँ से बढ़कर पीसी माँ को प्यार करते। रंभा के मन की बात कोई नहीं जानता था। कटिहार में अच्छा स्कूल नहीं था। दोनों बच्चे पीसी माँ के साथ रहकर शोख हुए जा रहे थे, ऐसी धारणा थी भाई भावज की। बेटे को उन लोगों ने दार्जिलिंग के बोडिंग स्कूल में भेज दिया। रंभा तथा बेबी घर में रहकर उदास हो गए। अब बेबी रंभा में अधिक चिपकने लगी थी। खाना साथ ही खाना चाहती। जिद की हद तक चली जाती। मछली-मांस के समय बहुत परेशानी हो जाती। भावज कई बार बेहद चिढ़ जातीं। सारी चिढ़ रंभा पर उतारतीं। अब रंभा को नई साड़ी खरीदकर नहीं देतीं, अपनी पुरानी साड़ियाँ पकड़ा देतीं। बाल में लगानेवाले तेल कम देने लगी। भंडार के राशन पानी को खुद देखने-जाँचने लगी। मछली-मांस के खंड गिनने लगी थी। उसे शक हो गया था कि रंभा छुपकर खा तो नहीं लेती है? अकेले में बेबी से पूछती कि पीसी माँ मछली खाती है कभी क्या? रंभा को इसका भान नहीं था। भाई के व्यवहार में कोई

परिवर्तन नहीं आया था, परंतु भावज परेशान करने लगी थी। रंभा की बातचीत किसी से नहीं होती, घर के काम निबटाकर ट्रांजिस्टर पर गाना सुनती वह आराम करती भर दुपहरी। एक दिन एक चोटी बना, साधारण सा जूड़ा बना रंभा हाथ में छोटा आईना ले अपने को देख रही थी कि भावज ने झपट लिया हाथों से। कहा, "दीदी जैसे-जैसे बूढ़ा रही हैं, वैसे-वैसे शौक बढ़ रहे हैं। सदा आईना कंघी-हाथों में ही रहता है! हमें कलंक लगवाएँगी आप क्या?" रंभा अवाक् रह गई।

एकाध हफ्ते बाद भाई ने पूछा, "दीदी तबीयत खराब है क्या?"

"ना बबुआ।"

"तब मुँह क्यों सूख रहा है? बाल उलझे-उलझे हैं।" छुटपन में बहन की लंबी चोटी पकड़ खींचनेवाला पीठ पर का भाई घोड़े की लगाम बनाकर खींच लेता था, बदले में बहन मुक्का मारती थी। वही याद आया चिंतातुर अनुज को।

"छोटी दी, किसी ने तेल-कंघी के लिए आपको रोका है क्या?" भावज ने पूछा। भाई की उदासी के कारण रंभा ने कंघी-चोटी की। अब जब बेबी रंभा की गोद में बैठती, अपनी माँ से डाँट खाती, "जाओ, टेबुल पर बैठकर पढ़ो।"

रंभा के घर में एक और वज्राघात हुआ। रंभा की बड़ी बहन पाँचवीं संतान को जन्म देते समय मर गई। छोटी बच्ची डेढ़ साल की थी। जीजाजी व्यवसायी थे। रंभा पिता और भाई के साथ बहन के गाँव पहुँचे। रंभा को देखते ही मीरा, जो मात्र डेढ़ वर्ष की थी, कलेजे से लग गई। कहते हैं, "मरे माय तो जियावै मौसी।"

श्राद्ध कर्म के बाद साले, ससुर, साली के साथ ओझाजी सासू माँ के आँसू पोंछने ससुराल पहुँचे। सास अपनी प्रथम संतान की मृत्यु से पीड़ित थी, उसकी पीड़ा को कौन हर सकता था? बेटों का स्कूल छूट रहा है, यह कहकर जीजाजी लौट गए। मीरा मौसी को छोड़ नहीं रही थी, सो नहीं गई। रंभा को अपनी अम्माँ और मीरा ने पकड़ लिया था। दिन-रात बेटी की उत्पत्ति से लेकर जन्म से किशोर होने की कथा और विवाह की कथा गाती रहती। अम्माँ की गोद में मीरा को बैठा दिया गया था। बच्चे कई बार बड़े-बूढ़ों का कान काटते।

वह नानी के आँसू पोंछकर कहती, "मत रोओ नानी माँ, माँ आती होगी, वह बाग में टिकोले चुनने गई हैं। चुनकर लाएगी तो तुम गुडम्मा बनाना।" आसपास बैठी सारी स्त्रियाँ रुआँसी हो जातीं। मीरा यह सब देखकर विह्वल हो जाती। मीरा के मोह में पड़कर नानी प्रकृतिस्थ तो हो गई, पर 40-45 साल की आयु में 60 से ऊपर की दिखाई देने लगी। एक नजर रंभा पर डालती, सुंदर युवती बेटी सबकुछ होते हुए रसहीन हो गई है। मीरा को देख मोह उपजता ही मातृहीन बालिका पर। जाने कौन सा पाप किया था, जो ये दिन देखना पड़ा!

रंभा के बाबू पटना से कोई कार्य संपन्न कर गाँव लौटे थे। रात्रि-भोजन के बाद पान खा, सुपारी का कतरा सरौता से काटते बोले अपनी घरनी से, "आपके चचेरे भाई के यहाँ गया था।"

"अच्छा? कैसी है भौजी, रानी शिखा और बाबू?" पूछा घरनी ने।

"सब ठीक है। आपकी भौजी कह रही थी कि छोड़िए, क्या बताऊँ?" बात टालने की चेष्टा की।

"कहिए न, क्या कहा भौजी ने?"

"कहने योग्य बात नहीं है।"

"तब तो जरूर कहिए, भौजी ने ऐसा क्या कहा?"

"अरे, शहर-बाजार की हुई अब, कहा कि रंभा की शादी करा दें।" घरनी अबूझ सी चुपचाप उनकी ओर देखती रहीं।

"मैंने तुरत जवाब दिया कि हमारे समाज में यह चलता नहीं है। उस पर तर्क करने लगी, दृष्टांत देने लगी, मैंने कहा कि मैं भी जाहिल नहीं हूँ। अपनी विधवा बेटी को सामने देख मुझसे ज्यादा कौन दुःखी होगा? खाना-कपड़ा सुख से मिलता है बेटी को। मेरी और दो बेटियाँ हैं ब्याहने को। जाति निकाला हो जाएगा, तब क्या होगा? इस पर उन्होंने कहा, "उसे पढ़ा क्यों नहीं रहे हैं?"

"हूँ!" इतनी देर पर घरनी एक अक्षर बोली।

"अब पच्चीस-छब्बीस की आयु में क्या पढ़ेगी? हमलोग किसी प्रकार की तकलीफ कहाँ होने देते हैं? विधाता का लिखा अभाग्य!" कहकर वे दालान की ओर निकल गए। रंभा की माँ आकाश के अँधेरे में टिमटिमाते तारे

देखने लगी चुपचाप मूर्ति की मानिंद। विवाह हो जाए तो क्या बुरा है ? जवान बेटी के भौंरे से गुंजार करते घने काले केश के बीच सूनी माँग से आहत हो स्वयं भी सिंदूर बिंदी लगाना छोड़ चुकी थी। किंतु पुरुष का सेज कहाँ छूटा ? रंभा के वैधव्य से दो साल बाद एक बेटी को जन्म दिया। रंभा की माँ का जीवनानंद बेटी के वैधव्य के बाद समाप्त हो चुका था, परंतु पिता पुरुष था। उसे अपनी जरूरतें थीं, पूर्ति होनी जरूरी थी।

रंभा के दालान पर देवी बैठतीं। पूजा के दसों दिन घर क्या, गाँव गुलजार रहता। कटिहार से बेटा बहू-बेबी को लेकर आ गए। नानी आई, बड़े दामाद बेटों को लेकर आए। दामादजी सबों के लिए ढेर सारे उपहार लाए। बेबी और मीरा रंभा की गोद में दाएँ-बाएँ कब्जा जमाए हैं। दुछत्ती में रंभा, देवी के कलश पर जलाने के लिए कच्ची मिट्टी के 108 दीए गढ़ रही थी। नानी भी वहीं थीं, बच्चे खेल रहे थे, जीजाजी बैठे थे। नानी ने पूछा, "पाहुन, बच्चों को वहाँ कौन देख रहा है ?"

"नौकर-चाकर नानीजी, मेरी अम्माँ है ही नहीं, भाई में अकेला ही हूँ।"

"विवाह कर लें। उम्र भी कम है आपकी ?"

"हाँ, लोग कह तो रहे हैं।" सिर झुका लिया।

"एक बात कहूँ ? बुरा तो न लगेगा ?"

"कहिए नानी, आप अनर्गल कभी नहीं कहेंगी।"

"रंभा से विवाह कर लें," धीमे स्वर में कहा।

"जी ?" चकित होकर कहा। रंभा क्रोध में भरकर नानी की ओर देखने लगी। मीरा पिता की गोद में कूद गई। आनंदित थी। विजयादशमी के दिन वे जाने लगे। साले-सलहज स्टेशन जा रहे थे।

बहू के लिए बेबी को सँभालना, घर देखना, स्कूल जाना भारी पड़ रहा था। वह ननद के लल्लो-चप्पो में लगी थी। पति से कहा, "अब अम्माँजी का मन स्थिर हुआ। क्यों न छोटी दीदी को ले चलें ?" किसी को कोई एतराज नहीं था। रंभा का मन उद्विग्न था। वह मीरा को और मीरा इसको छोड़ना नहीं चाहती।

"मैं मीरा को ले जाता हूँ। इसके स्कूल जाने का समय हो गया है।" दामादजी ने कहा। पर मीरा रंभा का आँचल छोड़ ही न रही थी। बेहद रोने लगी।

"भाई साहब, मीरा मेरे साथ कटिहार चलेगी। दीदी के साथ रहेगी। वहीं पढ़ेगी। आप निश्चिंत हो जाइए। भाई ने, यानी साले ने जीजा से कहा। सर्वसम्मति से तय हो गया। मीरा मामा-मामी और मौसी के साथ कटिहार चली गई। मीरा की पढ़ाई और पुस्तक, ड्रेस वगैरह के बहाने अच्छी धनराशि दामाद ने साले के हाथ पर रखी, जिसे न-न करते भी उन्होंने रख लिया। रंभा दोनों को तैयार कर स्वयं जाकर स्कूल पहुँचाती और ले आती। बच्चियों को ड्रेस में गेम खेलते देख उसकी आँखों में सपना उतर आता। आज भी गाँव में कहाँ ऐसी छूट है?

भावज के चेहरे पर सदा तामसी भाव विराजमान रहता। उस भाव का भेद खुल गया। दामाद जी ने दूसरा विवाह कर लिया था, सो गाँव से चिट्ठी आई थी। रंभा ने सुना तो उसे नानी की बात याद आई। रंभा को हैरत हुई कि नानी के मन में यह विचार कैसे आया कि यदि दामादजी दूसरी शादी कर सकते हैं, तो रंभा क्यों नहीं? रंभा ने याद किया कि नानी गाँव की लक्ष्मी कितनी अपूर्व सुंदर थी। उसकी शादी कलकत्ते के एक लोको-ड्राइवर से हुई थी। लक्ष्मी कलकत्ते गई भी थी एक बार। कितनी खुश थी रूपगर्विता कि उसका पति आकस्मिक अनजान बुखार की चपेट में आकर चल बसा। लक्ष्मी का नैहर ससुराल नितांत गरीब था। अब पेंशन से पूरे परिवार को पालती है। सिलाई का काम कर कुछ अधिक आमदनी हो जाती है। लक्ष्मी की बुआ बौआ, दाई-बाल विधवा है। गंगा में माँग धोने के बाद कमर से नीचे लटकते केश बड़ी बेरहमी से काट दिए गए। उसे कभी बढ़ने न दिया। तेल बिना जटाजूट जैसे केश! दिन भर काम करने के बाद भी पेट भर खाना नहीं देती भावज। कूटते-पीसते हाथ में घट्ठे पड़े हैं। बौआ-दाईजी तो जीते जी मृत हैं। रंभा की आँखें भर आईं।

स्कूल से बेबी और मीरा आईं। पीठ से बस्ता उतार पटका और रंभा से पूछने लगीं।

"मौसी माँ, मेरे पापा ने शादी की? किससे की? नहीं न की?" मीरा ने उत्तेजित होकर पूछा।

"पीसी माँ, पीसाजी ने शादी की न? कहिए!"

तुम लोग छोड़कर चुप बैठो तो कहूँ।"

"बेबी दी, मौसी माँ से पापा की शादी होगी, बड़ी नानी ने कहा था। हाँ, बोलिए मौसी माँ।" मीरा उत्साह से बताने लगी।

"बेवकूफ की तरह मत बोलो। सचमुच तुम्हारे पापा ने शादी की है। वह तुम्हारी नई अम्माँ हुई। अब तुम्हारे पापा तुम्हें घर ले जाएँगे।" आवेश में आकर कड़वे शब्दों में रंभा ने कहा, दोनों बच्चियाँ चुपचाप अपना वस्त्र बदलने चली गई। रंभा देर तक अपने मन-आँगन में पसरे फूल और काँटे समेटती रही। मन से यह पूछने की ताब न रही कि क्या मन में कोई आकांक्षा दबी-ढकी थी? क्या जीजा के उत्तर की प्रतीक्षा थी?

अपनी जीप से जीजाजी सपत्नीक कटिहार आए थे। रंभा से छोटी उम्र की लड़की थी, पर इससे व्यवहार बड़ी बहन जैसा कर रही थी। रंभा ने उसे हँसकर समझाया कि वह इससे बहुत छोटी है, बड़ी बनने का भ्रम न पाले। जीजा की नजरें इसके सामने उठी नहीं। बहुत चेष्टा करने के बाद भी मीरा रंभा को छोड़कर नहीं गई। पापा खर्चे का रुपया भेजते रहे। बेबी और मीरा कॉलेज साथ ही पहुँच गई। मीरा ने पापा से कह दिया कि विवाह नहीं करेगी। वह पढ़-लिखकर अपने पैरों पर खड़ी हो चुकी थी। जिद्दी थी, किसी की सुनती कहाँ थी! उसी जिद में आकर रंभा को अपने साथ ले आई। रंभा को घर में रहने न दिया। सभी बैठकों में उसे साथ ले जाती। गहरे रंग की साड़ी और कत्थई बिंदी में पैंतालिस साला रंभा पच्चीस की लगने लगी थी। मीरा ने उसे आईने के सामने खड़ा कर दिया। अपने आपको सहसा पहचान न सकी रंभा।

"यह क्या किया?" माथे से बिंदी उखाड़ने लगी।

"क्यों मौसी माँ, यह रूप सुंदर न लगा?"

"पगली, इस उम्र में मजाक सूझ रहा है?"

"क्या उम्र, मौसी माँ 45-50? पापा ने शादी की, तब क्या उम्र थी उनकी?"

"धत्!"

"मौसी माँ, पापा ने क्यों नहीं तुमसे शादी की?"

रंभा चुप थी।

"यह न कहना कि समाज का भय था। किसी समर्थ व्यक्ति को समाज कुछ नहीं कर सकता है।"

"मैं कुछ नहीं समझती बेटी।"

"मामी ने तुम्हें बँधुआ बनाकर क्यों रखा? मामा-मामी पढ़े-लिखे बाहर शहरवासी थे।"

"गार्जियन मेरे बाबूजी थे!"

"नाना ने तुम्हारे लिए क्यों नहीं कुछ विचारा?"

"उन्होंने देखा कि साड़ी-भात मिल रहा है बेटी को लक्ष्मी की तरह···!"

"उससे बड़ी औकात कहाँ रहने दी तुम्हारी?" बीच में बोल पड़ी मीरा। रंभा सब समझती है।

"छोड़ो, तुम शादी कब करोगी मेरी बेटी?"

"तुम्हारे बाद मेरी मौसी।"

"धत् पगली!" दोनों ने एक-दूसरे को अँकवार में भर लिया कसकर।

□

9

किसी नजर को तेरा इंतजार

लोहे का बड़ा-सा गेट, गेट के ऊपर सघन हरी पत्तियों का मेहराब, गुलाबी फूलों के गुच्छे, जो इस गरमी में भी खिले-खिले से हैं। उनकी भीनी खुशबू हवा में तैर रही है। सुग्गन ने एक गुच्छा लपककर तोड़ लिया और सूँघने लगा। उसके चेहरे पर आश्वस्ति का भाव पसर गया। बहुत दिनों से अपना घर ढूँढ़ रहा था। भटकते-भटकते आ पहुँचा। गेट खोल-बंद किया और घरऊ इनसान की तरह मंथर गति से लॉन के बाजू वाले खड़ंजे की सड़क पार कर पोर्टिको में आया। पोर्टिको में एक पुरानी पर चमकती हुई क्रीम कलर की अंबेसडर गाड़ी खड़ी थी। गाड़ी के अंदर सुग्गन ने झाँका, आँखों में चमक आई, 'हूँ, भैया ने रंगीन सीट-कवर लगाया है, वाह!' मन-ही-मन उचारा। कहीं कोई नहीं था। गोल बरामदे से सीधे वह ड्राइंग रूम की ओर चला। बेहद खूबसूरत भारी परदों से ढका कमरा ठंडा था। कोने की मेज पर भोजन-पात्र लगे हुए थे। छह कुरसियों वाली खाने की मेज पर कुल जमा तीन लोग बैठे थे। सुग्गन की भूख जाग गई। वह सीधे वहीं लगे वाशबेसिन की ओर गया, फूलों का गुच्छा बेसिन पर रख, साबुन से हाथ धो, तौलिए में पोंछ मेज पर आकर बैठ गया। बैठने से पहले भैया-भाभी को प्रणाम किया। तीनों सज्जन चौंक उठे। एक-दूसरे की ओर देखने लगे, कौन है यह? घुँघराले बालोंवाला 45-50 का दीखता हुआ यह व्यक्ति मैला-कुचैला जरूर था, पर इसके कपड़े कीमती थे। इसने तसर का कुरता

और अलीगढ़ी पाजामा पहन रखा था, पैरों में कोल्हापुर जूती थी। चूँकि हाथ धोकर आया था, सो साफ उसकी अनामिका में अँगूठी का निशान था। उसने आहिस्ते से पलटे हुए प्लेट को सीधा किया, चम्मच प्लेट में रखा और चिमटी से रोटी उठाकर अपने प्लेट में रखा, दाल-सब्जी कटोरी में लेकर खाने लगा। तीनों देख रहे थे। गृहस्वामिनी बेहद शालीन थी, तभी तो यह सब बरदाश्त कर रही थी। दो रोटियाँ खा जाने के बाद सुग्गन जब चावल लेने लगा, तब स्वयं गृहस्वामी ने परोस दिया। सुग्गन ने कहा, "भइया-भाभी, आप भी खाइए न!" खाने में जुट गया।

"तुम खा लो मुन्ना, हम भी खा लेंगे।" गृहस्वामी ने कहा।

"मैं सुग्गन हूँ भैया, आपका सुग्गा! मुन्ना तो आप हैं अम्माँ के।" अपनी पानीदार आँखों से हँसा सुग्गन। उसकी हँसी गृहस्वामिनी को भावुक कर गई। करीने से खाना खाया सुग्गन ने। उठकर पुनः बेसिन की ओर गया। हाथ धोकर मुड़ा कि गृहस्वामी ने उसे साथ लिया और गेस्टरूम में चले गए। पलंग पर उसे सो जाने को कहा। वह सो गया। गहरी नींद, जैसे दूध पीकर शिशु सो जाता है। गृहस्वामी ने दरवाजा उढ़का दिया और खाने की टेबुल पर आ गए। खाना खाते-खाते बातें करते रहे कि यह किसी अच्छे घर का व्यक्ति है, जिसकी स्मृति चली गई है। घर से निकल गया होगा। भटक गया लगता है। इसके परिवार को कैसे ढूँढ़ा जाए? सोते-विचारते खयाल आया कि अखबार में इश्तेहार निकाला जाए। अपने कैमरे से ही गृहस्वामी ने सोए हुए सुग्गन की तसवीर उतारी और अखबारों में दे दिया। नाम भी दे दिया कि यह अपना नाम सुग्गन बताता है। सुग्गन दोपहर से रात तक सोता रहा। दूसरे दिन सुबह गृहस्वामी ने उसे जगाया। नए कुरते-पाजामे, ब्रश-पेस्ट दिए और फ्रेश होकर आने की ताकीद की। सुग्गन उठकर चारों ओर देखने लगा।

"शाम हो गई क्या?"

"नहीं सुग्गन, दूसरी सुबह है।" वे हँसने लगे। सुग्गन ने आँखें फैलाई। वह ब्रश-पेस्ट लेकर अंदर आ गया। थोड़ी देर में नहा-धोकर डाइनिंग हॉल में पहुँच गया। चाय-नाश्ता कर उठ खड़ा हुआ।

"मैं चलूँ भैया ?"

"कहाँ ?"

"गाने की रिहर्सल है न! अलका का गाना है, मेरा तबला!"

"फोन आया था कि रिहर्सल आज सुबह नहीं, शाम को है।" जाने कैसे गृहस्वामिनी को सूझ पड़ी। वह बैठ गया।

"अलका बहुत लापरवाह है। शाम को बैठेगी, तब बस दो बार ही हो पाएगी, अब दिन ही कितने बचे हैं!" झुँझलाकर बैठ गया। उसके हाथ घुटनों पर तबले पर ताल दे रहे थे।

"सुग्गन, बहुत दिन हो गए, एक गीत सुनाओ न!" गृहस्वामिनी ने उसे लाड़ से कहा।

"क्या भाभी, आप सीधे गीत कह देती हैं, कौन सा गीत, गजल या भजन ? "गजल सुना दो।" हँसकर बोली।

"वो तो अलका गाती है, चलिए, मैं आपको भजन सुना देता हूँ।" उसने भजन गाना शुरू किया और गृहस्वामिनी की आँखें बरसने लगीं। इतना दर्द! ओह! भजन समाप्त होते-न होते दो सुग्गन के हमउम्र आ पहुँचे। सुग्गन भजन आँखें बंद कर गा रहा था, आँखें खोलते ही इन्हें देखा।

"अरे गंगेश, इरफान ? कितने दिनों बाद मिले हो ?" लपककर उनकी ओर बढ़ा, तीनों गले मिल रहे थे और गृहस्वामिनी आँखें पोंछ रही थीं। इश्तेहार देखकर ही ये आए थे। इरफान के साथ सुग्गन अपने सामनेवाले कमरे की ओर बढ़ गए थे, गंगेश ड्राइंगरूम में सोफे पर रह गए।

"हमलोग सुग्गन के बचपन के दोस्त हैं सर, वह सर्वेश नारायण सिन्हा, जो नामी वकील साहब थे, उन्हीं का छोटा बेटा है।"

"अरे, वो तो बड़े नामी-गिरामी वकील हैं। उनका एक बेटा जज भी था।" गृहस्वामी ने कहा।

"बड़े भैया जज थे सर! मँझले भैया इनकम टैक्स में थे। दीदी दोनों ही इंजीनियर से ब्याही गई, वो अमेरिका में हैं।"

"यहाँ कौन सब हैं ? घर की बनावट एक सी देखकर सुग्गन आ गया।

बहुत कुछ भूल गया है, पर तुम लोगों को पहचान गया बेटे, यह ठीक है।" उन्होंने कहा।

"यह सभी भाई-बहनों में सबसे छोटा था, पढ़ाई-लिखाई में मन नहीं लगा कभी। तबला सीखकर पारंगत हो गया। स्कूल में था, तभी ऑल इंडिया रेडियो में तबला बजाने लगा था। गांधी मैदान या यहाँ अपने कांग्रेस मैदान में कई बड़े-बड़े कलाकारों की संगत करने का मौका मिला इसको। यह किसी प्रकार मैट्रिक पास कर बी.एन. कॉलेज में पढ़ने लगा। पढ़ेगा क्या, तबला बजाए चलता था। उन्हीं दिनों यूनिवर्सिटी के कंपिटीशन में गजल गानेवाली अलका से इसकी जान-पहचान हो गई। अलका पटना सिटी के किसी रिफ्यूजी सरदार की बेटी थी। गजल बहुत अच्छा गाती थी। गजल के लिए फाइन तबला चाहिए, सो सुग्गन ने संगत दी। दोनों चैंपियन घोषित किए गए। अपने विपन्न परिवार की जरूरतें पूरी करने अलका शादी-ब्याह में मांगलिक गीत पैसे लेकर गाती। उसका टप्पा इतना मशहूर हो गया था कि जो पंजाबी नहीं थे, वे भी उसे बुलाने लगे। अलका गंभीर और समझदार लड़की थी। सुग्गन ने जब अपना प्यार न्योछावर करना शुरू किया, तब उसने बड़ी आजिजी से हमसे कहा था कि 'इन्हें समझाइए, रोकिए, इनके घरवालों के सामने हमारी हैसियत क्या है? मेरी माँ सिलाई-कढ़ाई कर गुजारा करती है, पापा ट्रक चलाते हैं। पर हमारी कौन सुनता!' यह लड़का प्यार के जुनून में था।"

"तो इसलिए इसकी यह दशा हुई?"

"कुछ तो यह है।"

"अलका ने बी.ए. प्रतिष्ठा लेकर पास किया और एम.ए. में पढ़ने लगी। गीत-गजल में वह एक प्रतिष्ठित नाम हो चुकी थी। सुग्गन ने बी.ए. की परीक्षा ही नहीं दी, परंतु लगातार अलका के साथ मंच पर बना रहा। उसे शादी करने के लिए जोर डालता रहा। घर में किसी के अभिभावक तैयार नहीं थे, कारण अलग-अलग थे। ऐसे समय इसकी माँ चल बसी। इसे बेहद धक्का लगा। एक दिन अलका इसके पिता से मिलने गई तो उन्होंने द्रवित होते हुए कहा कि सुग्गन को अलका ही सँभाल सकती है। अब अलका क्या करे? जब

तक उसने एम.ए. पास किया, तब तक सुग्गन के पापा भी गुजर गए। उनके क्रियाकर्म तक अलका उनके घर जाती रही, जबकि परिवारजन भारी दुर्दशा करते। सुग्गन बच्चे की तरह इसका पल्लू थामे रहता। सुग्गन की दोनों बहनों ने अपने दोनों भाइयों से बात की और सुग्गन के लिए उस विशाल मकान का दो कमरा बरामदा अलग करवा दिया। आनन-फानन में पटना विश्वविद्यालय के राधाकृष्ण मंदिर में ले जाकर इसका विवाह करा दिया। अम्माँ के कुछ गहने वगैरह भी दिए। इन्हें घर में स्थापित कर बहनें अमेरिका चली गईं। अलका के पिता के पास अबतक चार ट्रक, दो टैक्सियाँ, कुछ ऑटो जमा हो गए थे। वे विपन्न नहीं रहे थे। अलका का भाई गैराज खोल चुका था, परंतु किसी ने इसकी ओर मुड़कर नहीं देखा।

अलका स्थानीय स्कूल में पढ़ाती रही, गाना सिखाती रही। एक बार अपने घर में ही गाने का स्कूल खोलना चाहा, तो भाई-भाभी ने मना कर दिया। कहा, "यह प्रतिष्ठित वकील का घर है, कोई भांडों-मीरासियों का नहीं।" इनके दो बेटे हो चुके थे। अलका बच्चों की परवरिश और रोजी-रोटी की जुगाड़ में थी। चाईबासा के एक रेजिडेंशियल पब्लिक स्कूल में अलका और सुग्गन उर्फ ब्रजेश नारायण की नौकरी लग गई। अपने घर में ताला लगा दोनों वहाँ चले गए।

"सुना है सर, कि दोनों बेटे बड़े हो गए हैं। दोनों इंजीनियर होकर बुआ के पास अमेरिका चले गए हैं! सुना यह भी कि सुग्गन का दिमाग चल गया है। आज वर्षों बाद इसे देख रहे हैं। देखते हैं, घर पर कोई है या नहीं?"

"ओह, दर्दनाक!" गृहस्वामी ने उसाँस खींची।

"सुग्गन सो गया है," इरफान ने प्रवेश करते हुए कहा।

"बहुत दिनों से भूखा है, थका है। सोने दो बच्चे को।" गृहस्वामिनी ने कहा।

"इरफान, तुम बैठो, हम देख आते हैं इसके घर को, क्या हाल है?"

"मुझे मालूम है; इसके पोर्शन को गोदाम बना दिया गया। जज साहब ने किसी आढ़तिए को दे रखा है। अलका यहाँ नहीं है।"

"सूचना तो देनी होगी न!"

"चलो, मैं भी चलता हूँ।" दोनों उठकर चले गए। गृहस्वामी तथा पत्नी स्तंभित से बैठे थे। उनके यहाँ जो अभ्यागत थे, उन्हें भी यह सब सुन-देखकर अजीब लग रहा था। अजीब यह अधिक लग रहा था कि पुराने दोस्त आ गए, भाई नहीं आए। घंटे भर में गंगेश और इरफान आकर बैठ गए।

भैया-भाभी ने कहा, "उसकी बीवी-बच्चों को खबर करो। हम क्या करेंगे? पर अभी तो अपने घर ले आएँ, दूसरे के घर में हैं। बहुत हुज्जत के बाद एक छोटे से स्टोर को साफ करने का ऑर्डर दिया है। यह वहीं रहेगा।"

"क्या ठीक होगा?" गृहस्वामिनी ने कहा।

"ठीक होगा आंटी, अलका को हम खबर कर देंगे, वह भी फिक्रमंद होगी। हम सब हैं न, देखेंगे।" भारी मन से दोनों ने विदा किया सुग्गन को। सुग्गन को तो कुछ पता ही नहीं। अपने घर पर आकर उसे कुछ पहचाना-सा लगा जुरूर। इसके लिए एक छोटा कमरा था। दोनों मित्रों ने अलका का फोन नंबर तलाशा और खबर कर दी। अलका रोने लगी। दूसरे ही दिन वह आ पहुँची। अलका को देखते ही सुग्गन उग्र हो उठा, "यह मुझे ठीक से खाने नहीं देती है। सोने की दवाई देकर खुद गुलछर्रे उड़ाती है। मैं इसके साथ नहीं रहूँगा।" अनायास हिंसक हो उठा। सबों ने सुग्गन को काँके ले जाकर भरती करा दिया।

अलका, फूलों से लदी, हार पहने गजल की मलिका अपने कॉलेज की नाक थी। बड़ी-बड़ी आँखोंवाली, सुतवाँ नाक और नुकीली ठुड्डीवाली, लंबे चिकने बालोंवाली अपनी बेबे के हाथ की फुलकारी का नायाब दुपट्टा ओढ़नेवाली। नगर चर्चा का विषय बन गई थी। सौम्य-शालीन अलका को स्त्रियाँ प्रत्येक शादी में यूँ ही नहीं बुलातीं, पैसे-कपड़ों से उसे भर देतीं। वह सब की चहेती थी। उसके जीवन में यदि सुग्गन न आता तो वह किसी भी ऊँचाई तक पहुँच सकती थी, पर इस अहैतुक प्रेम ने इसकी कला को, सौंदर्य को और जीने की ललक को लील लिया। बहुत सारे लोग व्यंग्य करते, बड़ा हाथ मारा इस रिफ्यूजन ने, शहर के सबसे बड़े वकील के भोले बेटे को कब्जे

में ले लिया। पर इसकी पीड़ा को कौन समझे? इसने चाईबासा में रहकर अपने आपको तिल-तिल मारकर दोनों बेटों को इंजीनियर बनाया। उनके अमेरिका जाने पर भी चैन की साँस न ले सकी। सुग्गन पूरी तरह पागल हो चुका था। धीरे-धीरे समय बढ़ता जा रहा था। अलका रिटायर कर चुकी थी। बेटे अमेरिका से आने का नाम ही नहीं ले रहे थे। अलका लौटी, तब जेठ-जिठानी ने आड़े हाथों लिया, लेकिन अलका को निकाल न सकीं। वह कुछ लड़कियों को ट्यूशन पढ़ाकर गुजारा करने लगी। बेटों ने सीधे काँके रुपए भेजने की स्वीकृति दी। सुग्गन की स्थिति बदतर हो गई थी। उसे काँके से ले आई थी। पर वह मात्र मृत्यु को गले लगाने ही अपनी भव्य कोठी में पहुँचा था। सुग्गन एक दिन उड़ चला। बहनें तो नहीं, एक बेटा आया था, क्रियाकर्म के बाद अपने चाचा से बात की। चाचा ने किराए का पैसा अलका को देना स्वीकार किया। चाची ने कहा, "तुम लोग इसे अमेरिका क्यों नहीं ले जाते?" बेटे ने कोई जवाब नहीं दिया।

अलका को मानो गुजारा भत्ता मिल गया। एक दाई, जो खयाल रखती थी। कभी-कभी हाथ पकड़कर घूम-फिर आती। अखबारों में देखा कि अलका के विश्वविद्यालय का 100वाँ साल मनाया जा रहा है! भव्य और यशस्वी विश्वविद्यालय का भाग जगा है। खँडहर में जान डाली जा रही है। अलका ने अपनी ओर देखा। सूखा तन-भीगा मन-सूनी आँखें, सूखे बाल, यह तो खँडहर भी नहीं बची है। यह फिर भी जाएगी। सांस्कृतिक कार्यक्रमों में जाएगी। जब एम.ए. में थी, उसी वक्त तो इसका 50वाँ लगा था। क्या चहल-पहल थी। शिक्षा मंत्री, भारत सरकार आए थे। इसने लाल जॉर्जट की साड़ी और ब्रोकेड का ब्लाउज पहना था। इसके लंबे रेशमी केश पेशानी चूम रहे थे। लकी सिंह ने स्टेज से उतरते ही इसे लाल गुलाब के फूल दिए थे। कहा था, "तुसी दिलविच हलचल मचा दिता।" यह शरमा गई थी। लकी सिंह ने बड़ा घेरा डाला था। इसके पापा उसी से इसकी शादी करनेवाले थे। बिरादरी का भी था। पर यह सुग्गन की मुहब्बत की गिरफ्त में थी। समझ नहीं पाई सुग्गन की दीवानगी को, जो सिर्फ और सिर्फ इसकी गजल का आशिक था। वह तो

पहले से असहज था, इसको भी बना गया। वह चाहता था कि सिर्फ वह तबला बजाता रहे और यह गाती रहे। कहीं कोई दूसरा काम न करे।

क्या जीवन ऐसे कटता है? इसने काट लिया। अपनी सेविका से आग्रह किया कि किसी तरह इसे एक बार दरभंगा हाउस ले चले। एक बार राधाकृष्ण मंदिर दिखा दे, एक बार काली मंदिर दिखा दे। एक बार हिंदी विभाग की सीढ़ियाँ चढ़ा दे। वह पसीज गई। पर यहाँ दृश्य ही कुछ और था। सिपाही और स्वयंसेवकों ने रास्ता रोक लिया।

"बाबू, इनको सड़क पार करने दो, ये यूनिवर्सिटी जाएँगी।" सेविका ने कहा।

"काहे जान देने पर तुली है बुढ़िया, हट!" हाथ से बरजा।

"बाबू, ई इसी वर्सिटी से एम.ए. पास है।" उसने हाथ उठा आँखें चौड़ी कीं।

"हंह, ई··· ?" उनका बाना और मूक चेहरा देख सिपाही बोला। भीड़ बढ़ने लगी, सायरन की आवाज आने लगी।

"अरे, घुसल आती है बूढ़ी लोग, चिपा जाएगी।" सिपाही ने रस्सी तान दी। अलका गजल की चैंपियन पटना विश्वविद्यालय में लड़खड़ा गई। सेविका ने उसे थाम लिया। आँखें रिसने लगीं। गजल का आखिरी मिसरा अलका गा रही थी—'किसी नजर को तेरा इंतजार आज भी है।' पूरा हॉल तालियों की गड़गड़ाहट से गूँज उठा। सायरन बजाती भीड़ प्रवेश कर रही थी। अचेत अलका को पकड़कर फुटपाथ पर बैठ गई थी सेविका।

□

10

श्रीमन्नारायण-नारायण-नारायण

अपने आप को चाक-चौबंद कर लिया शेषनाग ने। चार महीनों के लिए एक ही मुद्रा में चकरी मार फन तान रहना होगा। भोजन का कोष चार माह के लिए भर दिया। चकरी मारकर फन हिलाने-डुलाने लगा। अपनी तेज काली-काली चंचल आँखों से शेष ने वातावरण को देखा। नीला सागर, नीलवर्ण श्रीहरि प्रभु, उज्ज्वल भव्य लक्ष्मी नीले आकाश सी साड़ी में। प्रभु ने कहा, "शेष, भैया तैयार हो न, आज से शयन पर हूँ।"

"जी हाँ प्रभु, हरिशयनी एकादशी है, मैं भी व्रत पर हूँ।"

"भैया शेष, आज से व्रत पर हैं तो याद है न, भूख न लगे, उसका प्रबंध है कि नहीं?" माता की तरह पूछा लक्ष्मी ने।

"माता, मैंने उदर के उस खास प्राइवेट रिजर्व झोले में भर लिया है भोजन।" शेष ने जीभ लपलपाई, आँखें झपकाईं।

"तुम क्यों करते हो व्रत, शेष?" श्रीहरि ने पूछा।

"आपने जो विधान बनाया है, उसका पालन तो करना ही है।"

"देवि, अपना यह सहस्रमुख शेष ऊपर से खाली है, और है भोजनप्रिय।" शेष आनंद से डोलने लगा।

"अरे-अरे भैया, जरा हौले डोलिए।" लक्ष्मी लुढ़कती-लुढ़कती बचीं।

"अब नहीं डोलूँगा।" शरमा गया शेष।

"देवि, इन्होंने मिथिला में जाकर खूब भोजन करना शुरू किया था। हाँड़ी

भर-भरकर दही उड़ा जाते। जब तक मेरे छोटे भाई थे, तब तक उड़ाते रहे, पर जब ये भी दामाद बन गए, तब क्या हुआ ?" श्रीहरि ने शरारत से शेष को देखा। शेष शरमाकर आँखें झपकाने लगे।

"हाँ, तब तो खीरखियावन में भी न खाते। सबसे अल्पाहारी बन गए थे।" लक्ष्मी ने कटाक्ष किया।

"क्या करता, धमकी दी गई थी कि अगले जन्म में ग्वाला बनना है, यदि अभी ही दही सारी चट कर जाओगे, तब गोकुल में माखन नहीं मिलेगा।" शेष ने शरमाकर कहा।

"आँ ? हाँ प्रभु ? यह तो अन्याय है।"

"अन्याय कभी-कभी करना पड़ता है देवि, मिथिला की नारियाँ तंज कसे जा रही थीं।" श्रीहरि ने कहा।

"वैसे मुझे उनका तरीका समझ में नहीं आता था, सुबह दही-चिउड़े, दिन में भात, रात में भी भात। ये लोग चावल के अलावा कुछ खाते ही नहीं।"

"हाँ भाई।" श्रीहरि ने सिर हिलाया।

"इतना चावल क्या खाना, सो हमने दही पर जोर लगाया।"

"कभी दूसरों के बारे में भी सोचिए, मुझे भी आपके यहाँ का रूखा-सूखा बाजरा नहीं पसंद।" लक्ष्मी ने मुँह फुलाकर कहा।

"माता, परंतु आपके यहाँ मिथिला में मछली खूब मिलती थी खाने में।" फिर लालच कर जीभ लपलपाई शेष ने। आँखें मटकाईं, चाँदनी रात थी, एकादशी का उज्ज्वल चाँद मुसकरा रहा था, सागर फेन एकत्र कर रहा था कि लहर बन तट की ओर जाए। शेष ने तट से दूर खासी गहराई में शैया तैयार की थी।

"श्रीमन्नारायण-नारायण-नारायण!" नारदजी पहुँच गए।

"आइए देवर्षि।" श्रीहरि ने कहा

"प्रणाम देवर्षि!" शेष ने फन झुकाकर कहा।

"शुभ रात्रि से पहले का संदेशा लाए हैं भगवान्, आप अकारण कहीं जाते नहीं।" लक्ष्मी ने कहा।

"देखिए देवि, आप मुझे सर्वश्रेष्ठ भक्त के पद से हिला नहीं सकतीं, मैं अपने प्रभु से बिना कारण मिलने न आऊँगा?" वे रोष में आ गए। श्रीहरि मुसकराने लगे। लक्ष्मी भी हँस पड़ीं; शेष मुलुर-मुलुर ताकते रहे।

"देवि, मैं तो इनके हृदय में वास करता हूँ। क्यों देवर्षि?"

"सच प्रभु, मेरे सीने में पड़ी है तसवीर यार की, जब कभी गरदन झुकाई, देख ली।" सभी प्रसन्न होकर हँसने लगे।

"शयन का समय होनेवाला है प्रभु! माता, शेष भइया, सो मैं पुनः पाँच माह बाद आऊँगा, नारायण-नारायण।"

"पाँच माह?" लक्ष्मी चौंकी।

"पाँच माह?"

"नारायण-नारायण, शेष भाई की अक्ल तो कई मस्तिष्कों में विभाजित है, भूल जाते हैं माते, यह वर्ष अधिक मास का है न!" वह भी आश्विन ही अधिक मास है। हुआ न पाँच माह!"

"ऐं?" शेष की सारी आँखें साथ ही फिर गईं; समंदर पर मानो अँधेरा छा गया।

"पुनर्दर्शनाय हे हरि! नारायण-नारायण।"

नारदजी चलते बने। प्रभु श्रीहरि योगनिद्रा की ओर बढ़ चले। माता लक्ष्मी उनके चरणों में बैठी थीं। उन्हें सजग रहना है। कभी-कभी चरण सहलाना, फिर सो जाना। उनका सोना-जगना चलता रहता। शेष को निश्चल रहना है। फन थोड़ा इधर-उधर कर सकते हैं। शिव एक बार जरूर संसार के साथ पूरे सागर की भी खोज-खबर लेते रहते हैं। एकादशी का पूर्ण चंद्रनुमा प्रकाश छीजते-न-छीजते शिवशंकर ने देखा, प्रभु गहरी निद्रा में सो गए। उन्होंने दीर्घ निश्वास लिया। यह वर्ष धरती के कलेंडर के अनुसार सौवाँ है, जब कुछ निकाई करनी होगी। कई बार फालतू जंगल-झाड़ के अलावा फसल भी नुच जाती है। क्या किया जाए! शिव ने डमरू बजाया, इंद्र ने जल बरसाया। शेष ने फन के वितान तान दिए, श्रीहरि निश्चिंत निष्कंटक सो रहे हैं। बारिश की एक बूँद भी तो नहीं पड़ रही उन पर। हाँ, बरसात की शीतल हवा से माता लक्ष्मी

की आँखें झिप गईं। वे प्रभु के चरणों को बालिश्त बना सो गईं।

शिवशंकर हर साल की तरह घूमते-फिरते संहार करते विचर रहे थे। चौमासा बीतते-न-बीतते अधिक मास आ गया। चार माह श्रीहरि निर्बाध योगनिद्रा में सोए थे। माता लक्ष्मी सोती-जागती तैनात थीं, शेष फन फैलाए चाक-चौबंद थे। समुद्र ने इस बार बहुत अधिक उत्फाल न मचाया, अपनी रौ में तट पर लहरें आती-जाती रहीं। अधिक मास की एक चाँदनी रात थी। श्रीहरि योगमुद्रा में थे, माता लक्ष्मी स्वाभाविक निद्रा में थीं; इस बार भारी वर्षा हुई। डूबनेवाली जगहें पूरी डूब गईं, परंतु वर्षों से सूखी पड़ी धरती हरी-भरी हो गई। लक्ष्मी ने आँखों-आँखों में धरती की हरियाली को दुलराया। धान में खीस आ गए, दाने पुष्ट हो गए। धन-धान्य से भर उठेगी अबनि। लक्ष्मी तुष्ट हैं। उनका क्या, धान्य की शक्ल में हो, जन-जन की जेब में हो या महासेठों की तिजोरी में हो, धन तो धन है; धान्य की कमी तो अबकी होगी नहीं।

समुद्र शांत था। शेष यान सा बीच महासागर में खड़ा था। जल की स्थिर लहरें चाँदी की बरफ ओढ़े सिहर रही थीं मानो। शेष को भूख महसूस होने लगी। प्यास भी लगी। उसने सर यानी एक फन मोड़कर अक्ष्योमेश्वरी द्वीप की ओर देखा, उसी द्वीप के एक झील में स्वयं भोले शंकर ने जटा खोलकर गंगाजल भर दिया शेष तथा पंछियों के पीने को। शेष ने सोचा, योगासन में तैरने की कला कौंडिम ऋषि से सीखी थी, सो धीरे-धीरे द्वीप के निकट जाएँ और एक फन बढ़ाकर जल पी लें। क्षुधा भी शांत होगी, प्यास तो होगी ही। वे बड़ी ही सावधानी से अक्ष्योमेश्वरी द्वीप की ओर चले। चाँद, जो बदलों से लुका-छिपी कर रहा था, वह अनायास भक्क से उग आया, चंद्रिका छिटक गई। आकाश अधिक नीला रँग गया, सागर नीलहरित और लहरें रजतमयी हो गईं। अनायास रूपहली चंचल मछलियों की कतार अठखेलियाँ करती दिख गई। उनकी जीभ लपलपाने लगी, भूख जोर मारने लगी। वे अब अपने को रोक न सके। दौड़ पड़े उनकी ओर। जी भरकर, छककर खा लिया। जल ग्रहण करने अक्ष्योमेश्वरी द्वीप की ओर बढ़े कि अपना आपा हल्का लगा। अब समझ में आया कि शैया तोड़कर वे भागे थे। यह क्या कर दिया मैंने?

श्रीहरि और माता लक्ष्मी? वे जल ग्रहण से पहले लौटे। प्रभु कहाँ हैं? वे तो अतल जल में समा गए।

प्रभु योगनिद्रा में थे; वैसे ही सागर की गहराई की ओर जाने लगे। लक्ष्मी की नींद टूट गई। उन्होंने अपने को अपने मैके के प्रांगण में पाया। अहा, वे निर्बाध हैं, निर्बंध हैं। हाथ पसारकर झूमने लगीं। तभी देखा कि शंख, सीपी सारे उनकी ओर अगुवानी में बढ़े चले आ रहे हैं।

"अरी बिटिया, कितने दिनों बाद फुरसत हुई है तुम्हें मायके आने की! चलो, अब आई हो तो कुछ दिन हमारे साथ गुजारो।" सहसा लक्ष्मी को याद आया, वह श्रीहरि के चरण-चंपन कर रही थी, कहाँ आ गई और कैसे? श्रीहरि किधर हैं और कहाँ हैं वह बेवकूफ शेष, जो शैया बना था। इधर-उधर देखने लगीं। संगियों ने पूछा, "किसे ढूँढ़ रही हो, बिटिया?"

"काका, श्रीहरि शेष शैया पर योगनिद्रा में थे। मैं उनके चरण चाँप रही थी। थोड़ी निद्रालस हो गई, अब यहाँ हूँ।"

"ओह, तब तो श्रीहरि को ढूँढ़ना होगा।" सब इधर-उधर बिखर गए। कुछ मछलियाँ हाँफती हुई आईं।

"आज हम शेष का ग्रास बनने से बच गईं!"

उनकी बातों से पता चला कि यह सारी कारस्तानी शेष के लालच की है। पर श्रीहरि?

उधर शेष ने हजार मुख तथा दो हजार आँखों से खोजा। उन्हें अतल गहराई में ऑक्टोपस के गद्‌दादार आवास पर प्रकाश दृष्टिगोचर हुआ। वह भी सतरंगा और स्निग्ध प्रकाश। 'यह प्रकाश कैसा है', सोचा शेष ने और छोटे नाग का रूपाकार ले वहाँ गया तो देखा कि माता ऑक्टोपसी ने प्यार से श्रीहरि को गोद में सुलाया है। बड़े मनुहार से निहार रही है।

"ऐं? माता यह क्या? प्रभु मेरी शैया में योगनिद्रा पूरी करते हैं, आप कहाँ से ले आईं?" शेष ने अपना असली रूप धारण किया और कहा।

"अबे छिछोरे, ओ चटोरे! तू जीभ लपलपा के दौड़ा था मछलियाँ खाने, तब सुधी थी? वह तो मैंने देखा तो लल्ला को लपक लिया। वह निगोड़ी

बहूरानी नैहर आकर भूल ही गई।"

"क्षमा मैया, क्या माता लक्ष्मी को देखा?"

"हाँ-हाँ, वह देखो न, उस टेढ़े-मेढ़े शंख से लाड़ लड़ा रही है, वह बूढ़ा भी लल्ला को खोजने की जगह उसी से बतिया रहा है।"

"मैं शैया तैयार करता हूँ मैया, तुम श्रीहरि को शयन करा दो, फिर चलते हैं माता की ओर। मैं सबका अपराधी हूँ।" शेष ने सिर झुकाकर कहा। वही हुआ, शेष शैया पर श्रीहरि पूर्ववत् विराजमान हुए, माता चरण-चंपन करने लगीं? सहस्रमुख फन हिला-डुलाकर आनंदित होने लगे।

विचारने लगे, यह लीलाधर की लीला तो नहीं थी कि मायापति की माया? धन्य हो प्रभु, ऐसी निद्रा लेते हो कि क्या हुआ, कुछ पता ही नहीं? अधिक मास बीतनेवाला है, शेष प्रतीक्षारत हैं कि कब देवर्षि का स्वर सुनें—'श्रीमन्नारायण-नारायण-नारायण।'

□

11
वह एक नदी

जब कभी तुम्हारे बारे में कुछ सोचने बैठती हूँ तो दृष्टि अनायास आकाश की ओर उठ जाती है। सफेद खरगोश की तरह दौड़ता चाँद दिखने लगता है, उसके पीछे बादलों का झुंड दिखता है। लुकता-छिपता यह चाँद मुझे सचमुच नहीं दिखता, यह तो मैं अपने मन के आकाश में देखती हूँ। ऐसा भी नहीं है कि आकाश में उन दृश्यों को देखकर मुझे तुम याद आती हो! नहीं, मैंने कहा न, मैं तुम्हारी याद आने पर ही उन वस्तुओं की कल्पना करने लगती हूँ, जो कभी घटी थीं।

तुम्हें क्या मालूम कि तुम्हारी आज की इतनी-इतनी, सौंदर्यबोध वाली माँ उन दिनों क्या कहती थी, कैसी लगती थी? श्यामा कुँआरी से श्यामा शर्मा होते जाने की कहानी का तुम्हें कहाँ पता है? तीन भाइयोंवाले जमींदार साहब के घर कई-कई पुश्तों के बाद जनमी पहली लड़की थी श्यामा। भक् गोरा रंग, बड़ी-बड़ी चमकती आँखें और सौंदर्य के तमाम उपमानों की हेठी करती सी उसके देहयष्टि देखकर कोई भी सोच सकता था कि इसका नाम 'श्यामा' क्यों है! मुझे याद है, तुमने भी कई बार पूछा था। रेशमी घघरी छोड़कर अभी साड़ी बाँधने ही लगी थी श्यामा कि उसकी शादी उच्च कुलीन बलदेव से कर दी गई थी। वही बलदेव, जो तुम्हारा पिता है और उसे तुम बेहद-बेहद प्यार करती हो। 8 वर्ष की श्यामा थी, 18 वर्ष का बलदेव था। कहीं संस्कृत विद्यालय में पढ़ रहा था। श्यामा की ओर बलदेव भौचक देखता रहता। श्यामा

की शैतानियाँ बदस्तूर कायम रहीं। वैसे ही आम की बगीची में जाकर कोयल के सुर-में-सुर मिलाना, वैसे ही घर से दाल-चावल-घी चुराकर ले जाना, कुम्हार के घर से हाँड़ी उठा लाना और कमलबाग में आम की सूखी टहनियों से ईंटें जोड़कर खिचड़ी पकाना। हर टोले की छोकरियाँ श्यामा की दोस्त हुआ करतीं। साथ-साथ खिचड़ी खाना और करिया झूमर खेल खेलना ढली साँझ तक चलता रहता। आषाढ़ बीतने के बाद ताल-तलैया भर जाते, कमलबाग सूने पड़ते। तब बंसी-बनास लेकर कीचड़े-कादों को फलाँगती फिरती। मिली हुई छोटी मछलियों को खेत में ही पकाकर नमक-मिर्च के साथ चट कर जाती। अकसर बूढ़ी दादी से डाँट खाती, किंतु उसकी भी परवाह नहीं करती। बड़ी-बूढ़ियाँ अकसर सिर पर हाथ ठोंककर कहतीं, "अरी, यह तो बड़ी बहरबट्टू है, दिन भर वन-वन छिछियाती रहती है। घराने की नाक कटाएगी।"

"क्या बताऊँ, यह तो बड़े घराने की कन्यादानी बेटी है। कौन क्या कहेगा?" "लेकिन हम जैसे छोटे घर की लड़कियों को तो बिगाड़कर रख देगी," दूसरी बूढ़ी कहती और सोच में डूब जाती।

पहले बड़े घराने के लोग करते थे। बेटी के नाम धन-संपत्ति का भाग तो रहता ही था, मायके में रहकर खानदान भर पर रोब गाँठने का स्वार्जित अवसर भी स्वत: हाथ आ जाता था। तो तुम्हारी माँ श्यामा ऐसी ही कन्यादानी बेटी थी। तुम्हारा पिता बलदेव वैसा ही उच्चकुलीन दामाद था, जो कई और शादियाँ कर सकता था। तुम्हारे पिता को पढ़ने-लिखने का कुछ अधिक ही शौक था। सो उन्होंने संस्कृत विद्यालय पास कर मेडिकल स्कूल में दाखिला ले लिया था। कुएँ की जगत पर "पाहुन, आप श्यामा कुँअरि को क्यों नहीं कुछ कहते?" एक दिन स्नान के बाद धोती पकड़ते खवासन ने कहा था। "ऊँ, क्या कहूँ?" चिहुँक उठे थे बलदेव। "यही, रन-वन छिछियाती रहती है।" "हें-हें-हें···" स्निग्ध हँसी हँस पड़े थे बलदेव।

"घर में लोग तो हैं ही।"

"फिर भी, आप स्वामी हैं।"

"नहीं, ऐसा नहीं है।"

"हाँ सरकार, कहीं आपके कहने से सुधर जाए!"

"कोई बात नहीं, अभी बच्ची है, बड़ी होगी तो समझ जाएगी।" बातों के तार को छिन्न कर दिया उन्होंने। लेकिन उसी रात को जब छोटी काकी ने नहला-धुलाकर चाटी-पाटी करके किशोरी तैयार की थी। मेडिकल में नाम लिखाने के बाद बलदेव पहली बार ससुराल आए थे। छह माह में ही श्यामा बड़ी लगने लगी थी। आते ही चहककर पास आ बैठी। "आप इस बार बहुत दिनों के बाद आए। डॉक्टरी की पढ़ाई शुरू हो गई? बाप रे! आप भी छुरी से घाव चीर डालिएगा, नौआ की तरह?" प्रश्न-पर-प्रश्न दागती चली गई श्यामा तब तक, जब तक बलदेव ने उसे अपनी ओर खींच नहीं लिया। बोले, "छोड़ो यह सब, पहले यह बताओ कि अबकी कलमबाग में नीलम परी उतरी थी क्या?"

"नहीं, तो, किसने कहा? कैसे पता चला? तुम नीलम परी को जानते हो क्या? झूठे!" आँखें मटकाकर कहा था श्यामा ने।

तुम्हीं तो बताती थी, नीलम परी आती है, जादू का डंडा लाती है। जिस साल डंडा फेरती है, उस साल आम में बौर लगते हैं, नहीं तो नहीं।" श्यामा ने सुनकर ठहाका लगाया था।

"जानते हो, अब मैं जान गई हूँ, कोई परी-वरी नहीं आती है, वह तो धरती माता है, आकाश पिता है, जो आम के गाछों में बौर लगाते हैं। बस," समझदारी से कहा।

"लेकिन मेरा तो विश्वास बढ़ गया है नीलम परी के प्रति कि वह जरूर आती है बगीची में, जरूर जादू की छड़ी फेरती है। उसकी छड़ी अभी तुम्हारे ऊपर फिरी है।" अपने से सटाते हुए कहा बलदेव ने। सीने में सटाकर बलदेव ने जैसे ही दोनों पैर सीधे किए कि श्यामा चिहुँककर छिटक गई। "ओहो हाय! तुमने तो घाव दबा दिया।" "देखूँ कहाँ लगा है घाव?" तलुवे में मोटा काँटा गड़ा हुआ था। सूजन से तलुवा पीला लग रहा था।

"ओह, रुई ले आता हूँ।" अपने बैग से रुई और ब्लेड निकालकर चीरा लगाया, पीप के साथ ही मोटा काँटा निकल आया। दवा लगाकर पट्टी बाँध

दी और बाँहों पर लेकर सो गया बलदेव। पहर भर रात बाकी थी, तभी नींद खुल जाती थी बलदेव की। "सुनो, सुबह होनेवाली हे," हौले से उठाया श्यामा को। अँगड़ाई लेकर उठी श्यामा। पट्टी की ओर देखा। "इसे खोल दूँ?"

"नहीं, अभी रहने दो और हो सके तो आँगन में ही रहना।"

"हाय राम, लोग क्या कहेंगे—दूल्हे से पैर छुआकर पट्टी करवाई है।" मुझे शरम आती है।"

"पगली, दवा लगी है, मत खोलना। बाहर कहीं मत जाना।" बिना कुछ बोले उठ गई श्यामा और धीमे से बाहर निकल गई। दिन भर आँगन में ही रही। कोठरी में मेरे साथ लेटी-लेटी रात की घटना सुनाती रही। माँ-चचियों ने संतोष की साँस ली कि अब श्यामा सुधर रही है।" छोटे-छोटे भाइयों को और बलदेवजी को होस्टल में रहकर पढ़ना पड़ता था। खर्चा बेहिसाब और खाना-पीना ढंग का नहीं। जमींदारों की बात! बच्चों को पढ़ाने के लिए एक मकान ही शहर में खरीद लिया गया। श्यामा बदल गई थी। एक अंग्रेज मेम पढ़ाने के लिए रख ली गई थी। अब बेमतलब जंगल-जंगल फिरना, पानी-पानी तैरना बंद हो गया था। गाँव आती, तब भी पुस्तक हाथ में लिये बैठी रहती, हालाँकि, बड़ी-बूढ़ियाँ अब भी श्यामा को पीठ पीछे कोसतीं कि लड़कियों वाले कोई लक्षण ही नहीं हैं इसके। न रसोई के किसी काम में मन लगता है, न फूल-कसीदाकारी में। कभी अरिपन (अल्पना), पुरहर (घड़े की रँगाई) भी नहीं करती। बंगालियों की तरह बैठकर उपन्यास-कहानी पढ़ती रहती है।

"ऊँह, उसी का फल है न कि बाल छितराए रहती है। खोपा-चोटी तो करती ही नहीं।"

श्यामा ने ही मुझमें भी साहित्य पढ़ने की रुचि जाग्रत् की। तुम कहोगी कि मेरे और श्यामा के गाँव के बीच बड़ा फासला है। नदी बहती है, फिर कैसे मैं अकसर मिला करती थी उससे, इतने फासले के बावजूद?

कैसे हम अंतरंग सहेलियाँ थीं? तो सुनो—गाँवों में वैसे आज की हवा भी उतनी ही मुक्त है, जितनी तब थी, फिर भी, वातावरण कुछ और ही था। नदी किनारे ही तुम्हारे नानाजी की बगीची थी, नदी किनारे ही एक विद्यालय

था। मेरे पिता उन दिनों 'परदा-तोड़ आंदोलन' के प्रचारक थे, तुम्हारे नानाजी उनके समर्थक। तुम्हारी माँ और मैं दोनों गाँव के एक ही स्कूल के बाद नदी किनारे की रेत में दौड़ना, पानी में छप-छप करना और बालू का घरौंदा बनाना हमारा प्रतिदिन का काम था। मैं कहाँ-से कहाँ बहक जाती हूँ! यह सब तो मैंने कितनी बार तुमसे कहा हैं। तब से कह रही हूँ, जब से तुम कॉलेज में मेरे निकट रहकर पढ़ने आई। मैंने बहुत-सी बातों को तब यह कहकर टाल दिया था कि अभी तुम नहीं समझोगी—बड़ी हो जाने पर आपसे आप समझ में आ जाएँगी सारी बातें। यद्यपि ये सारी परिस्थितियाँ, जो तुम्हारी माँ श्यामा के इर्द-गिर्द निर्मित होती रहीं, समझ पाना इस संसार के लोगों के लिए आसान नहीं है। भारतीय नारी के पारंपारिक, शास्त्रीय सामाजिक रूप के तो निश्चय ही विरुद्ध है, किंतु यह क्यों नहीं सोचती कि श्यामा के इस रूप को पीठ पीछे क्यों न दुत्कारे, समाज ने प्रत्यक्षत: अंगीकार कर लिया है। स्थूल कथा में न तो तुम्हारी रुचि होनी चाहिए, न जिज्ञासा। तुमने सबकुछ जान-समझकर ही तो अपने पति के पास से पहली बार आने पर मुझसे कहा था, "मेरे पिता मोम के पाँव पर खड़े हैं! अंजू मौसी। कौन सी बाध्यता थी कि वे इस तरह का जीवन जिएँ?"

"यह तो मैं नहीं समझ पाती कि तुम्हारे पिता की कौन-सी बाध्यता थी कि वे तुम्हारी माँ को देवी की तरह पूजते रहे, किंतु मेरा मन संदेहग्रस्त है। मैं नहीं मानती कि तुम्हारे पिता, इतने बड़े डॉक्टर, उच्चकुलीन व्यक्ति, मोम के पाँव पर खड़े हैं। तुम्हारे तर्क ही मुझे यह मानने को मजबूर नहीं कर रहे कि उन्हें क्या बाध्यता थी?"

शहर में बड़े ही उत्तरदायित्वपूर्ण तरीके से श्यामा रहती थी। भाई-बहन और पति की देखभाल करती हुई स्कूल की परीक्षा भी पास कर ली। तब तक तुम्हारे पिता बलदेव बाबू डॉक्टरी की एल.एम.पी. डिग्री लेकर नौकरी में लग चुके थे। अभी शहर के ही अस्पताल में लगे थे। उन्होंने श्यामा से आगे पढ़ने का आग्रह किया था, किंतु श्यामा ने स्वयं ही टाल दिया। कहा था, "पुस्तकें पढ़ने योग्य मैंने पढ़ लिया है। कक्षा में जाकर विभिन्न विषय ही पढ़ूँगी न? इससे साहित्य पढ़ने में बाधा ही आएगी।"

मैं कॉलेज के होस्टल में रहकर पढ़ने आ गई थीं। उन दिनों कॉलेज के छात्रावास में मात्र 15 लड़कियाँ रहती थीं—बाकी विदेशी में से और नन। मेरे विवाह की बातचीत चल रही थी। माँ का जोर था कि तुरंत विवाह हो जाए, किंतु पिता नहीं चाहते थे। छात्रावास से अकसर मैं तुम्हारे यहाँ आ जाया करती। तब तुम्हारी माँ के द्वारा पढ़े गए साहित्य पर चर्चा मात्र होती। भारतीय साहित्य में तुम्हारी माँ को बंकिमचंद्र की कृतियाँ विशेष अच्छी लगतीं, जबकि मुझे शरदचंद्र की। पात्रों पर बहस करते वक्त हम परस्पर एक-दूसरे पर आक्षेप करने से भी नहीं चूकते।

उन्हीं दिनों देश आजाद हुआ था। मेरे पिता खोई हुई पंक्ति में जा मिले थे। तुम्हारे नानाजी अगली पंक्ति के नेता बन गए थे। हमारे परिवार की भीतरी बनावट में इससे कोई अंतर नहीं पड़ता था। मैं वैसे ही तुम्हारी माँ के घर जाया करती, हमारी बहसें बदस्तूर जारी रहीं।

रविवार के दिन मैं श्यामा से मिलने पहुँची तो उस कक्ष में एक अत्यंत सुदर्शन व्यक्ति कुरसी पर सावधान सा बैठा कोई पत्रिका पलट रहा था। बिना उसे देखे कमरे में घुसकर मैं पलंग पर बैठ गई। बाहर धूप बड़ी तेज थी, सिर चकराने लगा था। खाली घर देखकर मैं थोड़ी देर पलंग पर लेटने जा ही रही थी कि कोने की कुरसी पर मेरी दृष्टि चली गई। खबराहट का भाव मेरे चेहरे पर अवश्य आया होगा, क्योंकि वह व्यक्ति जोर से ठहाका लगाकर हँस पड़ा। "आप अंजू हैं क्या ? अंजू दास ? बैठिए, मिसेज पाठक आती ही होंगी, घबराइए नहीं।" उसने अपनी जादुई आवाज में कहा।

यह कौन होता है मुझसे इस तरह बातें करनेवाला, श्यामा के कमरे में, मुझे 'नहीं घबराने की सलाह देनेवाला।' मैंने खीझ में सोचा। संकोच और क्रोध के मिले-जुले भाव को उस सुदर्शन पुरुष ने अवश्य परखा होगा।

"मैं अकिंचन हूँ, अकिंचन दत्त। डॉ. बलदेव पाठक मेरे मित्र है।" उसने, बच्चों को जैसे समझाते हैं, वैसे ही मुझसे कहा। सच, मैंने उतना सुंदर और आकर्षक पुरुष अब तक नहीं देखा। मेरा हृदय काँपने लगा, रक्त प्रवाह बढ़ गया, गला प्यास से सूखने सा लगा, मैं अवश सी होने लगी। अपने

आपको किसी तरह सँभालकर पलंग से उतरने की चेष्टा कर ही रही थी कि श्यामा आ गई।

"अंजू तो आ गई, यह इनके···"

"मैंने अपना परिचय बता दिया है," अकिंचन दत्त ने कहा। मैं बाहर जाने लगी तो श्यामा ने टोका, "कहाँ जा रही है?"

"पानी पीने," उसके सामने पहली बार बोल फूटे।

"मँगवा देती हूँ।" श्यामा ने नौकर को आवाज देकर पानी मँगवा दिया। पानी बार-बार गले में अटक जा रहा था। अकिंचन दत्त के पास में बैठी श्यामा को देखकर अनायास मन आशंकित हो गया था, उस समय क्यों? यह मैं अब जान पाई। शरीरिक सौष्ठव, ईश्वर प्रदत्त रूप और गर्वोन्नत व्यक्ति, दोनों का एक सा था, जैसे स्वयं विधाता ने नर-मादा की जोड़ी बनाई हो! अपनी बाँहों की ओर मैंने एक नजर देखा, गहरा साँवला रंग, सूखी त्वचा, अपने यौवन के प्रति अनजान, उपेक्षित व्यक्तित्व, किंतु हृदय? हृदय को किसी सुंदर वस्तु के प्रति प्रेम होने से रोका नहीं जा सकता।

"दत्ता साहब, मेरी यह बाल-सखी बड़ी मेधावी है। इसने पूरे राज्य में प्रवेशिका परीक्षा में प्रथम स्थान पाया है। छात्रवृत्ति मिलती है।"

"देखकर ही तेज झलकता है।" अकिंचन दत्त ने कहा और मैं अपनी हँसी को दबाकर मुसकरा भर सकी थी।

"यह नहीं मानेगी दत्ता साहब। इसका कहना है कि यूँ ही प्रथम आ गई है।" श्यामा ने कहा।

"नहीं अंजूजी, आपको देखकर कोई भी कह सकता है कि यह लड़की सेकेंडरी बोर्ड में फर्स्ट आई होगी।"

"कैसे?" बड़े प्रयास से मैंने अपना मुँह खोला। "अ-आपमें कुछ ऐसा है—बस है।" हाथों को कोई शक्ल देने का प्रयास कर रहे थे अकिंचन। उसी समय डॉक्टर साहब आ गए थे और मैं सहज हो गई थी। "क्या सब हो रहा है?" कहते हुए तुम्हारे पिता डॉ. बलदेव पाठक श्यामा के पास मैं बैठ गए।

"ईश्वर। कहीं ऐसा न हो। मेरे छोटे से अकिंचन मन ने यह सोच लिया।

सच, तुम्हारे पिता का रूप-रंग और व्यक्तित्व श्यामा के इतने विपरीत हैं, मैंने अब तक परखा ही न था।" श्यामा बीच से उठकर खाना लगाने चली गई। मैं भी उठना चाह रही थी कि उसने रोक दिया। पाठकजी ने भी कहा, "अरे अंजू, अब तुम कहाँ जाती हो ? तुम्हारी मित्र और उनकी फौज क्या खाना लगाने के लिए काफी नहीं है ?" मैं पलंग पर चिपकी सी बैठी रही।

"दत्ता साहब बड़े प्रशासनिक अधिकारी है, हाँ।" उन्होंने आँखें बड़ी कर कहा। मैंने एक बार उनकी ओर देखा। अभी दत्ता चुपचाप निर्विकार भाव से बैठे हैं। वह भाव उन्हें और अधिक ऊँचाई दे गया।

"तरु बेटी, वह दिन था और आज का दिन है, श्यामा का एकांत साथ मुझे नहीं मिला। श्यामा ने मन का चाँद भागते हुए खरगोश की तरह मेरी पकड़ से छूटता रहा। मेरी जिज्ञासा का बादल उसका पीछा करता रहा। "दत्ता साहब, यह अंजू, डॉक्टर बनना चाहती है।" श्यामा ने एक दिन अपने नए सलाहकार से कहा था। मैं चुप बैठी थी, "ठीक ही तो चाहती है, लेडी डॉक्टर की बड़ी जरूरत है। समाजसेवी बाप की बेटी है मिस दास। मैं इनके इस निर्णय को एप्रिशियेट करता हूँ।" श्रीमान् अकिंचन दत्त ने अपना विचार स्पष्ट रूप से प्रस्तुत किया था।

"ऊँह, मैं कहती हूँ, अंजू में साहित्य की समझदारी कमाल की है। इसे साहित्य की प्रोफेसर होना चाहिए।"

"आप भी कमाल की बात करती हैं श्यामाजी, साहित्य की प्रोफेसर होने से क्या समाजसेवी हो सकेगी ?"

मैंने लक्ष्य विचार, अकिंचन दत्त मिसेज पाठक से 'श्यामाजी' पर उतर आए थे। "क्यों नहीं कर सकती ? उसके अनेक तरीके हैं।"

"डॉक्टर बनकर सेवा करने से बड़ा सेवा का और कोई तरीका नहीं हो सकता।"

"आप मेरी मानिए, साहित्य में जो इसकी पैठ है, वह बिरलों में ही मिलती है।"

"साहित्य करने के लिए क्या आप काफी नहीं हैं ?" अकिंचन दत्त ने मुसकराकर कहा।

"हटिए। आप तो मजाक करते हैं। मैं चौका-चूल्हा करूँगी, घर की साज-सज्जा सँभालूँगी कि साहित्य करूँगी?" श्यामा तुनककर बोली।

"यही तो है। इसी सब में आपका सौंदर्यबोध देखकर मैं तो दंग रहता हूँ।"

"सच कह रहे थे दत्ता साहब," श्यामा को चौंका दिया। "हो गया ड्राइंगरूम, आँगनवाला पिछला बरामदा हो या सहन का लॉन, सबकुछ सुघड़, स्वच्छ और सुंदर। पुस्तकों की अलमारी और क्रॉकरी-स्टैंड, सबकुछ चमचमाता, सुव्यवस्थित। संपूर्ण कमरे की सज्जा, वह अंग्रेजी पुस्तकें पढ़कर वर्ष में कम-से-कम चार बार अवश्य बदल देती।" अर्थ के साथ सुरुचि का वैसा समन्वय बहुत कम देखने को मिलता है।

मेरे मेडिकल में नाम लिखाने पर श्यामा बड़ी दुःखी हुई थी। तब मेडिकल कॉलेज बाजाब्ता खुल गए थे। एक तरफ मेरी माँ-दादी दुःखी हुई कि मैंने मेडिकल पास कर विवाह करने की घोषणा की है, दूसरी ओर, श्यामा दुःखी हुई कि मैंने साहित्य से मुँह मोड़कर मेडिकल की पढ़ाई को तरजीह दी। हमारे गुरुजनों ने मुझे बड़ा संबल दिया। डॉ. पाठक और अकिंचन दत्त का साथ सदा मिलता रहा। धीरे-धीरे तुम्हारी माँ भी संयत हो गई। मैं भी साहित्य पढ़ती और उससे बहस करती। श्यामा अपने परिचितों से अकसर यह चर्चा करती—मेरी बाल्य-सखी डॉ. अंजू दास इतनी सफल और नामी-गिरामी डॉक्टर होकर भी मशीन नहीं बनी है। श्यामा सबका श्रेय मेरे साहित्य के अनवरत साहचर्य को देती। "मैं अब नहीं आऊँगी," मैंने एक दिन रुकते हुए श्यामा से कहा था।

"क्यों, क्यों नहीं आओगी?"

"इसलिए कि तुम्हारे पास मुझसे बातें करने को समय ही नहीं रहता।"

"ऐसा मत सोचो। किसी रविवार की मैं तुम्हारी बिना कल्पना भी नहीं कर सकती। तुम नहीं जानती हो अंजू, छुट्टियों में जब तुम गाँव चली जाती हो, तब मुझे बड़ा सूना-सूना लगता है।" शब्दों के भाव तुम्हारी माँ श्यामा का सुंदर चेहरा बखूबी ग्रहण करता। मैं अपलक देखती ही रह जाती। तुम्हारी माँ का व्यक्तित्व वाकई रानियों जैसा है। अपनी मर्जी की मालिक तो स्वयं है। मैं

कभी-कभी अनायास सोचने लग जाती हूँ कि ऐसा क्यों होता है कि विधाता किसी-किसी को अधिकार ही दे डालता है? वह व्यक्ति कैसे अपने भाग्य का सिरजनहार स्वयं होता है, आज तक ऐसी दूसरी औरत कम-से-कम मेरी नजरों से नहीं गुजरी, जिसने कभी-कभी अपना दर्दे दिल न खोला हो! इस दृष्टि से श्यामा अकेली है। अनेक हैं। अनके दृष्टियों से श्यामा औरत है, जिसमें औरतों की सामान्य कमजोरी नहीं है।

मेडिकल कॉलेज की सभी परीक्षाएँ मैं सफलतापूर्वक पास कर गई थी। पिता बड़े प्रसन्न थे, माँ उदास दिखाई दे रही थी कि दामाद की आरती अपने हाथों उतारें। चुपचाप बैठकर आँसू पोंछती रहतीं। तुम तब दो वर्षों की थीं। अकिंचन दत्त जिस जिले के जिलाधिकारी बनकर गए थे, वहीं तुम्हारी पिता भी मेडिकल ऑफिसर बनकर गए थे। तुम्हारे सबसे छोटे मामा और मौसी स्कूल में ही थे। नानाजी अपनी राजनीतिक लिप्स में डूबे रहते। श्यामा घर-बाहर का काम सँभालती, खानों में बँटती जा रही थी। "अभी छुट्टियाँ है, फिर भी ये बच्चे गाँव नहीं जाना चाहते हैं अंजू। मैं तरु के पिताजी के पास जाना चाहती हूँ, कैसे जाऊँ?" एक दिन श्याता ने कहा था।

"सच, बेचारे को परेशानी होती होगी। न खाने-पीने का ठीक, न रहने-सहने का। बेचारे तुम पर कितने आश्रित थे। कैसे अस्पताल के बाद आकर अपने कपड़े स्वयं निकालते होंगे। तुम चली क्यों नहीं जातीं?" मैंने सुझाया था।

"नहीं, यह बात नहीं है। उनकी देखभाल करने को लोगों की कमी नहीं है। मि. दत्त के क्वार्टर में, उन्हीं के साथ रहते हैं। कोई दिक्कत नहीं होती, मैं तो अपने संबंध में कह रही थी।"

"ठीक कहती हो।"

"...छुट्टियों में लगातार श्यामा पाठकजी के पास दत्त साहब के क्वार्टर में जाकर रहने लगी। मैंने कभी श्यामा के विषय में कुछ सोचना गवारा नहीं किया। किंतु तुम्हारे पिता, डॉ. बलदेव पाठक की कलीग-महिला-डॉक्टरों ने कई बार कोंच-कोंचकर मुझे ही कठघरे में खड़ा कर दिया। क्यों डॉ. पाठक

की तो बड़ी ऊँची उड़ान है। जिलाधिकारी के बँगले में रहते हैं, जिलाधिकारी की गाड़ी में घूमते हैं, फाइलें भी वहीं देखते हैं क्या?" मैं ऐंठकर रह जाती। क्या कह सकती थी! पहली बार तो यह कहकर पीछा छुड़ा लिया करती कि "संयोगवश एक ही स्थान पर पदस्थापित हैं और कुसंयोगवश दोनों को अकेले रहना पड़ता है। साथ ही रहते हैं तो क्या हुआ?" मैं कभी-कभी अधिक खींझकर यह भी उत्तर दे देती कि "शुक्र है, वे दोनों पुरुष हैं, उनमें पुरानी पहचान है, आप तो आश्चर्य कर लेती हैं, उनके साथ रहने पर, मैं नहीं करती।" किंतु धीरे-धीरे मि. अकिंचन दत्त का स्थानांतरण-पदस्थापन भी जुड़ने लगा, तब मेरा मन भी स्वयं आशंकित रहने लगा। मैंने पूछा था श्यामा से, "सबकुछ ठीक तो है श्यामा?"

"क्या सब?"

"डॉक्टर साहब और अकिंचन दत्त की मैत्री व स्वास्थ्य के संबंध में पूछ रही हूँ।"

"क्यों, क्या हुआ उन्हें?" श्यामा ने पूछा था। उसका पूछना इतना सहज था कि मैं स्वयं संकुचित हो आई थी। अनियमित झंझावात। श्यामा के निकट पहुँचने के बाद पहले मन-प्रांतर को आंदोलित अवश्य करता, जिसमें खड़ी एक असहाय अकेली वृक्ष मैं भी थी। मैंने अनेकानेक अपवाद श्यामा को लेकर यूँ ही झेल लिये। अब जीवन का तीसरा पड़ाव है। बाकी इतिहास किसी को आंदोलित नहीं करता, तो तुम्हारे प्रश्नों के घेरे में खड़ी हो गई हूँ स्वेच्छा से।

अपनी माँ श्यामा के विषय में सोच-सोचकर तुम अपने आपको व्यर्थ ही दुःखी कर रही हो तरु। उसकी कोई आवश्यकता नहीं। यदि दूसरा कोई तुम्हें कुछ कहता है तो उसे टाल जाओ। जो घटनाचक्र तुमसे होकर न गुजरता हो, जिसके घट-अघट पर तुम्हारा वश नहीं है, उसे सोचने की जहमत ही क्यों उठाती हो? हाँ, कहीं तुम्हारा अपना मन तो कमजोर नहीं है? तुम्हारे कमजोर मन के लिए ही मैं आज सोचने बैठी हूँ। अपनी समझ में मैं तुमसे, जिसे मैंने अपने बच्चे की तरह पाला है, स्थिति स्पष्ट कर देना चाहती हूँ। यह सबकुछ

तुम्हें तुम्हारे जन्म-दिवस के अवर पर बताकर थोड़ी हलकी कर देना चाहती हूँ। अब तुम भी दो बच्चों की माँ, 26 वर्ष की पूर्ण युवती हो। दीन-दुनिया की बहुत सारी बातें जानती होगी, जिन्हें मैं भी नहीं जानती। वैसे तो परिवार नहीं बसाकर भी मैं एक पारिवारिक किस्म की महिला रही हूँ। मात्र इसीलिए, अपनी माता की फरियाद करती अतृप्त आँखें मुझे डिगा न पाईं। मरते दम तक माँ मुझसे आग्रह करती रही कि जिस किसी जाति-वर्ग का लड़का मुझे भाता हो, मैं उससे विवाह कर लूँ। एक समय बीतने के बाद तो पिता भी कहने लग गए थे कि जीवन अकेले काटना दुष्कर हो जाएगा। परिवार की सत्ता से इनकार नहीं किया जा सकता, किंतु मैं बिना किसी तर्क के अपनी चुप्पी से उन्हें उपरांत करती रही।

डॉ. बलदेव पाठक बड़े प्रतिष्ठित हो गए थे। देश-विदेश की कई-कई डिग्रियाँ भी बटोर लाए थे। इसी शहर में अकिंचन दत्त के ‘लंबे-चौड़े सरकारी आवास में श्यामा और बच्चों को छोड़कर विदेश चला जाना उनके लिए आम बता थी। तुम्हारे नानाजी के मकान का उपयोग अब उनके युवा बेटे और पुत्रवधू करने लगे थे। साज-सज्जा की सार-सँभाल और रहने के तौर-तरीके बताने श्यामा अकसर वहाँ जाती। उस घर के बाकी लोग प्रजा। अकिंचन दत्त की उम्र बढ़ती ही जा रही थी। श्यामा के साथ, उसके बच्चों के साथ रहते वे अधिकाधिक पारिवारिक होते जा रहे थे। मैं जब भी उनके यहाँ जाती, वे बड़े ही प्रसन्न नजर आते हैं। कहा करते, “आओ-आओ डॉक्टर, अब तो तुम प्रोफेसर हो गई होगी मेडिकल कॉलेज में?” अंदर से संकुचित होते हुए भी, उनकी सहजता के कारण, मुझे सहज हो जाना पड़ता। “नहीं सर, अभी कहाँ? अभी तो कई मंजिलें तय करनी हैं।” मैं उन्हें आदर देती कहती।

“चलो, ठीक है, तुम्हें देखकर कोई नहीं कहता है कि तुम इतनी बड़ी डॉक्टर हो। वैसी ही दिखती हो जैसी 12 वर्ष पहले। इधर श्यामाजी को देखो, कैसी भारी-भरकम हो रही हैं!”

मुसकराकर कहते अकिंचन दत्त, फिर पुकारते, “श्यामाजी सुनिए, मैं क्या कह रहा हूँ अंजू से।” और अपनी बात फिर दुहरा देते।

"ये तो मेरी जान के पीछे पड़े हैं कि मैं भारी होती जा रही हूँ।" श्यामा उपालंभ से कहती।

"अच्छा-अच्छा। मैं क्या गलत कहता हूँ? तुम्हारे साहित्य में क्या ऐसी ही भारी नायिकाएँ होती हैं?" मेरी ओर मुखातिब होकर वे श्यामा से ही पूछते।

"तो मैं क्या साहित्य की नायिका हूँ?" श्यामा रुठ-सी जाती।

"लो, अरे, मैं तो एक बात कह रहा था। नायिकाएँ क्या कहीं आकाश से आती हैं? इसी धरती की न होती हैं। तुम्हारी-जैसी, श्यामाजी जैसी।" संबोधन मुझसे ही हो रहा था, बात श्यामा से होती थी। इस तरह के कितने ही आत्मीय क्षणों की गवाह मैं होती थी, क्या हूँ। बहुत दिनों तक तो मैंने यह अहसास भी पाला था कि अकिंचन दत्त मुझसे बहुत अधिक निकट हैं, मुझे तुम कहकर पुकारते हैं, श्यामाजी कहकर। मैं काफी दिनों तक यह प्रतीक्षा करती रही कि अकिंचन दत्त की ओर से कोई प्रस्ताव आएगा। न आना था, न आया। मैंने अपने सपनों को अपने मन के अंदर ही रहने दिया। आज तुम्हें बता रही हूँ। किसी से न कहा, श्यामा से भी नहीं। कैसे कहती? अकिंचन से भी नहीं। मैं विश्वास करती हूँ, वह सचमुच अकिंचन है, अपने नाम की तरह।

डॉ. बलदेव पाठक विदेश से लौटकर आए तो दक्षिण भारत घूमने का कार्यक्रम बन गया अकिंचन दत्त का। श्यामा को साथ ले जाएँगे, ऐसी ही योजना बनी थी।

"अंजू, घर में आकर रह जाओ बच्चों के पास, मैं दक्षिण भारत घूमने जा रही हूँ।" एक दिन आकर श्यामा ने बताया।

"अभी-अभी डॉक्टर साहब विदेश से आए हैं और तुम?" मैंने आश्चर्य से कहा।

"तो क्या हुआ? अभी-अभी अकिंचन दत्त साहब को छुट्टी मिली है दक्षिण भारत जाने की। डॉक्टर साहब अपनी क्लिनिक जमाने के लिए थोड़ा समय चाहते हैं। तुम आकर बच्चों को भी देख लोगी और उनको भी सलाह दे दोगी।" मैं कोई उत्तर नहीं दे सकी। अकिंचन दत्त के सरकारी आवास पर आकर रहना मैंने गवारा नहीं किया, लेकिन अपना बाकी समय वहाँ देने लगी

थी। रात को अपने कमरे में लौटती हुई मैं तुम्हें उठाकर ले आती। तभी से तुम मेरे साथ रहने लगी। कई बहाने थे। तुम्हारा कॉलेज मेरे क्वार्टर के नजदीक पड़ता था, तुम्हारा भाई सोम तुम्हें तंग करता था, तुम मेरे पास बड़ी सहजता से रह लेती हो और सबसे बड़ा बहाना था कि मैं अकेली हो गई थी। मेरे क्वार्टर के नजदीक ही डॉ. पाठक ने अपना क्लिनिक खोला था। मैं अकसर उनके साथ क्लिनिक सजाने में मदद करती देखी जाती।

"अंजू, एक घंटे का समय तुम क्लिनिक पर भी क्यों नहीं दे देती?" पाठकजी ने कहा था।

"मैं क्या समय दूँगी? मेरा तो सारा काम लेबररूम का और ऑपरेशन-थिएटर का है। आप ठहरे मेडिसिन वाले। अलग से व्यवस्था करनी पड़ेगी," मैंने कहा था।

"भई, कर लो व्यवस्था, तुम्हारे बहाने कुछ मरीज मुझे भी···।" हँसते हुए कहा था उन्होंने।

"क्या बात कहते हैं डॉक्टर साहब! आप इतने यशस्वी डॉक्टर, आपकी ये डिग्रियाँ। मरीज की क्यू यहाँ से जो शुरू होगी, सो आपकी कोठी तक नहीं समाप्त होगी।" "वाह भई, वाह! खूब मजाक किया। कर लो, कर लो, तुम तो यहाँ की जमी हुई गाइनेकोलॉजिस्ट हो न!"

"मेरी बात करते हैं डॉक्टर साहब! मेरी जैसी तो इस शहर की गलियों में फिरती हैं। मात्र एम.एस. डॉक्टर की क्या बिसात?"

"हाँ, याद आया। तुम क्यों नहीं विदेश चली जाती हो? डिग्री ले ही आओ। वहाँ जाकर बहुत कुछ सीखने का मौका मिलेगा और सुनो, तब यह भी कहने योग्य नहीं रह जाओगी कि अब मेरी शादी करने की उम्र नहीं रही।" कान के पास मुँह ले जाकर धीमे से कहा डॉ. पाठक ने। मैं मुसकरा उठी। डॉ. पाठक ने हँसते हुए कहा, "एक बहुत बुरी बात है कि चेहरा मास्टरनियों की तरह गंभीर बनाए रहती हो। खुलकर हँसो-बोलो। खुश रहो।"

"मैं आपको खुश नहीं दिखती डॉक्टर साहब? मैं तो बहुत खुश हूँ। शादी की आवश्यकता ही नहीं पड़ी। अब भी नहीं है, ऐसा मानती हूँ। विदेश जाकर

डिग्री ले आऊँ, उसकी भी आवश्यकता अभी नहीं जान पड़ती। क्लिनिक भी खूब चलता है, न चाहते हुए भी पैसे आते रहते हैं। इस भारत देश की आबादी को देखिए और स्त्रीरोग-विशेषज्ञ डॉक्टर की स्थिति का अवलोकन कीजिए। आप स्वयं समझते हैं।" मुझे सचमुच हँसी आ गई थी।

कभी मैंने डॉ. पाठक से आत्मीय बातें करने की चेष्टा नहीं की, न कभी डॉ. पाठक ने ही की। यदि कोई ऐसा क्षण हमारे बीच टपक ही पड़ता तो जेठ की वर्षा की पहली बूँद की तरह व्यावहारिकता की गरम धरती पर भाप बनकर उड़ जाता। मेरे विचार से वही एक कारण था कि हमारा संबंध चिरस्थायी रहा। हम एक-दूसरे के आत्मीय बने रहे। डॉक्टर साहब का कई अनकहा दुःख मैंने भोगा है। मेरी आकांक्षाओं की कमी शायद डॉक्टर साहब ने भी देखी हो। उनमें भी कुछ कहने-पूछने की आदत जो नहीं रही। तुम शिक्षित विवाहिता युवती हो। पुरुषों के साथ रहकर काम करती हो। तुम्हारा अपना एक नजरिया है। तुम स्वयं अब सबकुछ किनारे हटकर सोच सकती हो। मैं तुम्हें सबकुछ बता देना चाहती हूँ। कई बार तुमने मुझे घेरा है, "मौसी, माँ ऐसी विचित्र जीवन-पद्धति क्यों अपनाए हुए हैं? उन्हें नहीं है चिंता, न लोक-अपवाद का भय। मैं कई बार उनके इस तौर-तरीके की सजा भुगत चुकी हूँ। कई लोग उँगली उठाकर कहते हैं, 'देखो वही है तरुलता ठाकुर, श्यामा पाठक की बेटी। जरा गौर तो करो, चेहरा किससे मिलता है, अकिंचन दत्त से या बलदेव से?' जी चाहता है, पलटकर कोई कड़वी बात कहूँ, लेकिन क्या कहूँ, सारी बातें पलटकर चाबुक-सी मुझे दाग देंगी।"

मद्रास से आकर श्यामा बड़ी तरोताजा थी। देर रात तक लॉन में बैठकर हम सब उसके अनुभव सुनते। बीच-बीच में वह डॉक्टर साहब से तुनककर विदेश का अनुभव सुनाने का आग्रह करती और डॉक्टर उत्साहपूर्वक सुनाने लगते।

"अंजू, डॉक्टर साहब का क्लिनिक सज तो गया?"

अकिंचन दत्त ने पूछा था। "मुझसे पूछिए सर। अंजू कमाल की प्राणी है। डॉक्टरी क्लिनिक सजाने में मेरी मदद जिस खूबी से कर सकती है, उसी खूबी से श्यामा की गृह-सज्जा में।"

"मैं कोई मदद कभी नहीं देती। आपको एक साधारण सी छोटी बुद्धि की लेडी डॉक्टर क्या सुझाव दे सकती है? वह तो जैसा आपने कहा, मैंने कर दिया।"

"तब तो मुझे भी आपसे सलाह लेनी पड़ेगी!" अकिंचन दत्त ने कहा था।

"लीजिए सर, देर न कीजिए। मैं इन्हें तो नहीं, आपको कुछ सलाह तो दे ही सकती हूँ।" मैंने जाने किस भावना के वशीभूत होकर तपाक से कहा दिया था, एकबारगी सभी चुप हो गए थे, चौंकने का बाह्य प्रदर्शन नहीं किया था।

"देर हो रही है, अंजू को अपने फ्लैट में लौटना होगा। खुद ही ड्राइव करती है और रास्ता लंबा है। चलिए, खाना लग गया है।" तुम्हारी माँ ने ही सन्नाटे के दुकूल का धागा खींचकर तोड़ दिया था। खाने की मेज पर सब खूब बोल-बतियाकर खा रहे थे।

एक मैं ही थी, जिसे खाना ही धीमे-धीमे खा रहा था। लौटते वक्त मैं सोचती आ रही थी कि क्या दूसरों की चिंता की सिल अपने कलेजे पर झेलती आ रही हूँ? आते ही देखा, तुम जगकर बैठी हो।

"क्यों, पढ़ाई जोर-शोर से चल रही है क्या?" तुम्हारी परीक्षा निकट देखकर कहा था मैंने।

"नहीं अंजू मौसी, पढ़ाई ही तो नहीं चल रही है। मेरा जी उचट गया है पढ़ाई से। आपसे कुछ कहना चाह रही थी।"

"क्या कहना चाह रही थी? यही न कि तुम अब किसी से प्यार करने लगी हो! तुम किसी से विवाह करना चाहती हो?" कपड़े उतारते हुए मैंने कहा था।

"आपने जान लिया? चलिए, अच्छा ही हुआ।"

"फिक्र की कोई बात नहीं। अबकी तुम एम.ए. कर लोगी। विवाह हो ही जाना चाहिए।"

"लेकिन···।"

"लेकिन क्या? जिस लड़के से तुम ब्याह करना चाहती हो, सजातीय ही है, कोई दिक्कत नहीं होगी। एम.ए. कर लो, शादी हो जाएगी।"

"आपको तो सब मालूम ही है, मौसी। आप मेरी मित्रवत् हैं। माँ से दूरी लगती है, आपसे नहीं। मेरी समस्या वह नहीं है। मेरी तो दूसरी समस्या है। विजय के माता-पिता मुझसे शादी के लिए तैयार होंगे तब न! उसका कहना है कि…।"

"अरे, वे क्यों न तैयार होंगे? इतने बड़े कुल-शील की सुंदर सुघड़ कन्या। अपने बेटे की पसंद को वे किस बिना पर ठुकराएँगे?" उस समय मैं खयाल ही नहीं कर पा रही थी कि तुम्हारा इशारा किधर हो सकता है?

"मौसी, आप जाने कैसे वह सब गले से उतार लेती हैं! पिताजी को क्या हो गया है, समझ में नहीं आता। सोनू से कुछ कहने की स्थिति में मैं अपने को नहीं पाती, किंतु यह सच है कि संपूर्ण समाज में माँ को लेकर बहुत कुछ कहा जाता है। सच भी तो लगता है। मैं तो बड़ी शर्मिंदगी महसूस करती हूँ," मैं तुम्हारा मुँह देखती रह गई।

"अंजू मौसी, विजय के परिवार के लोग क्या मुझे स्वीकारेंगे? नहीं। कभी नहीं, लेकिन तरु, विजय ने अपने परिवारवालों को मना ही लिया। तुम्हारी शादी खूब धूमधाम से श्रीमान् अचिंकन दत्त के सरकारी आवास में हुई। बरात के लोग अकिंचन दत्त आई.ए.एस. की अगवानी के कायल थे। तुम्हारी ससुराल के लोग पीली धोती में डॉ. बलदेव पाठक और पीली साड़ी में श्रीमती पाठक को देखकर तुष्ट थे। विजय के पैर धरती पर नहीं पड़ते। तुम कितनी प्रसन्न थीं! आगे-आगे विजय लंदन गया डॉक्टरी की उच्च शिक्षा लेने, पीछे-पीछे तुम गई। तुम्हारी भरी-पूरी गृहस्थी देख मैं सबकुछ भूल गई। अपने दर्द, श्यामा का दुहरा सुख, समाज में वाष्प की तरह उठती अफवाहें, सबकुछ!"

सोनू भी डॉक्टर बनकर दूर जा बसा है। डॉ. बलदेव पाठक सरकारी नौकरी से रिटायर हो चुके हैं। अकिंचन दत्त का सेवाकाल भी समाप्त हो गया है। बड़ी ऊँचाई पर पहुँचे दत्त साहब प्रशासनिक अधिकारी के रूप में…। उनकी मिसाल पेश की जाती है।

दूर, पहाड़ियों की गोद में, एक सुंदर-सा बँगला खरीदा है उन्होंने। जीवन भर का साथ था, तो अब क्यों साथ न रहते! वह स्थान यहाँ से दूर है। डॉ.

पाठक को अपनी जमी-जमाई प्रैक्टिस छोड़कर जाना पड़ा। फिर भी, उन्होंने आगा-पीछा न सोचा, चले गए छोड़कर सबकुछ। श्यामा की इच्छा जो थी।

"देख अंजू, इनका नाम तो पूरे देश में हो गया है। जहाँ कहीं जाएँगे, प्रैक्टिस जम ही जाएगी, फिर स्थान-परिवर्तन भी कोई मानी रखता है ?"

"मैं तो ऊब गई इस जगह से।" श्यामा ने निर्णय सुनाते हुए कहा था।

मेरी ठंडी नजर देखकर श्यामा में जरा सा ठहराव आया।

"एक तू अकेली रह जाएगी, यही गम है।"

"मेरी चिंता मत कर श्यामा, मैं कितनी व्यस्थ रहती हूँ, देखती नहीं ?"

मैंने सपाट लहजे में कह दिया था।

"हाँ, तू व्यस्त तो रहती है। बीच-बीच में छुट्टियाँ लेकर वहाँ आ जाना, बड़ा अच्छा होगा। जितनी सुंदर पहाड़ी है, उतना ही खूबसूरत मकान। किसी अंग्रेज ने अपनी प्रेयसी के लिए बड़े यत्न से पत्थर कटवा-कटवाकर बनवाया था वह मकान। कितने तो सजावट वाले वृक्ष हैं। भारतीय-अभारतीय लता-गुल्मों की पूरी नर्सरी ही दिखती है। मैं वहाँ रहने और अंग्रेज की अपनी प्रेयसी की प्रसन्नता के लिए बनवाई गई उस स्नेह कुटीर की भावना की अनुभूतियों को हृदय में भर लेने को उतावली हो रही हूँ।" कितनी सुखी, संतुष्ट और निश्छल है श्यामा ! मैंने उसके 50 वर्षीय भावाविष्ट चेहरे को देखते हुए सोचा। भावनाओं की कोमल उर्मियाँ उस उम्रदार चेहरे पर ज्वार ले आती हैं, यह अपने आप में बहुत बड़ी बात है। यही सब देखकर मेरा संदेहग्रस्त मन संयत होता रहता है। लोगों की ओछी बातें मेरी या तुम्हारी दुविधाग्रस्त चिंताएँ उस ऊँचाई के सामने लचर पड़ जाती हैं। मैं कभी-कभी स्वार्थी होकर सोच लूँ तो मेरा मन अपने आपको प्रताड़ित करने लगता है।

"तरु को समझाओ अंजू, वह तुम्हारे हाथों ही ठीक रहती है।"

एक बार डॉ. पाठक ने आकर कहा था मुझसे।

"क्यों, क्या हुआ ?" मैंने आशंकित होकर पूछा था।

अनायास श्यामा ने तरु और उसके पति को बच्चों सहित नए मकान में बुलवा लिया था। बड़े उत्साह से घर का इतिहास-भूगोल दिखा रही थी वह कि

तरु ने टोक दिया बीच में "यह सब दिखाने-सुनाने क्यों बुलाती हो हमें माँ? तुम्हारा तौर-तरीका मुझे सखत नापसंद है।" कहकर तेजी से घर के अंदर चली गई। श्यामा की तो कुछ बोलने की आदत नहीं है, तुम जानती हो, किंतु आहत हुई होगी। ऐसा लगा मुझे। वह हुई तो मैं भी हुआ आहत। विदा करते समय मैंने अंजू को समझाना चाहा, तो सबने मुझे ही चुप करा दिया, "पिताजी, आप अपना जीवन-दर्शन अपने पास रखिए, मुझे मत सुनाइए। आश्चर्य होता है तरु, ऐसी क्यों हो गई अंजू?" मैंने तब एक साँस-सी खींची थी। मैंने डॉ. पाठक से कभी कुछ नहीं कहा, अब भी नहीं कह सकती कुछ। जैसे तुम्हारी माँ का यौवन तन-मन से अब तक ठहरा हुआ है, उसी तरह तुम्हारा कैशोर्य ठहर गया है। मैं देखती रही हूँ श्यामा की यौनवनमयी छवि डॉ. बदलेव पाठक और अंकिचन दत्त को बाँधे हुए हैं। कोई तो कमी नहीं है उनको, अपने जीवन से पूरी तरह तुष्ट हैं वे। तब तुम क्यों व्यर्थ अपने को सोच-सोचकर परेशान करती हो? "कुछ बोल नहीं रही हो अंजू। तरु अपने जीवन को बेकार ही विषाक्त कर रही है। तुम ही उसे समझाओ।" उन्होंने फिर कहा।

"डॉक्टर साहब, तरु बच्ची है, बचपना तो है ही कम-से-कम, उसकी बातों पर मत जाइए। श्यामा आहत हुई है तो अच्छा ही है। कभी तो एक ऊँचाई से नीचे उतरे वह। मानती हूँ, औरत एक नदी है, हहराती, बल खाती, अनवरत यात्रा करती, आसपास की धरती को स्नेह बाँटती, बढ़ती चली जाती है। उसमें भी बाढ़ आती है, सूखा पड़ता है। इस पर श्यामा के मन की नदी को तो कुछ भी नहीं व्यापता। ईश्वर करे, कुछ न व्यापे! जिस दिन श्यामा प्रौढ़ होगी, मेरे खयाल से, तरु समझदार हो जाएगी!" मैंने तुम्हारे पिता से कहा था। "तुमने अपने उत्तर से ही अपनी सखी के सतत प्रवहमान रूप को परिभाषित कर दिया अंजू! मैं तुम्हारी इसी उदारता का कायल हूँ। तुम्हारी समझदारी के अनवरत साहचर्य में रहकर भी तरु कैसे अब तक अज्ञान है, यह समझ नहीं पाता!" डॉ. पाठक सचमुच चिंतित थे।

"नहीं डॉक्टर साहब, नदी और उसके दोनों पक्के किनारे के साहचर्य की एकांतिक अनुभूति मेरी व्यक्तिगत संपदा है। स्त्रीधन की तरह इसे मैंने

अपने अंत:स्तल में छुपाकर रखा है। तरु को कुछ कहने-समझाने की लचर कोशिश मैंने नहीं की। कहीं किसी को कुछ न कहकर, कोई सफाई न देकर, मैंने श्यामा के व्यक्तित्व की रक्षा ही की है, तरु स्वयं समझ जाएगी। वह एक स्वस्थ सामान्य औरत है। औरतों वाली सारी कमजोरियाँ उसमें हैं। औरतों वाला हृदय भी पा लेगी, सागर की तरह।"

तरु, तुम्हारे पिता के सामने मैंने जो कुछ कहा, वह सब अविकल तुम्हें सुना रही हूँ। तुम स्वयं को सँभाल सको, यह कामना है।

अब मेरा सेवाकाल समाप्त हो रहा है। डॉ. पाठक आए थे। उन्होंने आग्रह किया था कि मैं भी वहीं उसी कोठी में जाकर रहूँ। "अंजू, बड़ा सा सूना-सूना घर है। मात्र तीन प्राणी हैं। तुम भी चली चलती तो गुलजार हो जाता। काफी दिनों से इच्छा भी रही है कि तुम मेरे साथ मेरे क्लिनिक में बैठो, वह भी पूरी हो जाएगी। श्यामा ने बार-बार तुमसे विनती करने को कहा है। चलोगी न?"

"नहीं पाठकजी, अभी नहीं, कुछ दिन तो मैं अपनी सहायिकाओं पर क्लीनिक छोड़ देश-भ्रमण करना चाहती हूँ, बाद में सोचूँगी। आज तक कभी इस शहर ने छोड़ा ही नहीं, देखूँ, अब मैं इसे छोड़ पाती हूँ या नहीं?" प्रकटत: कहा मैंने, मन-ही-मन सोचा, 'मैं उस सदानीरा के तट की वृक्ष हूँ—स्थिर खड़ी। नदी जैसे-जैसे पाट बदलती है, वृक्ष भी तो नहीं चलने लगता।' "अच्छा, मैं प्रतीक्षा करूँगा, हम सब प्रतीक्षा करेंगे।" डॉक्टर साहब ने प्रसन्नता से कहा था। आशा से भरकर वे लौटे थे। कल रात याद आया कि तुम्हारा 27वाँ जन्मदिवस शीघ्र आनेवाला है। श्यामा की ओर से तुम्हारे पास बेशकीमती उपहार आएँगे ही। अपनी मित्रों और पति को इठला-इठलाकर दिखलाओगी। मैं अबकी तुम्हें, जन्मदिन के अवसर पर, यही वस्तु भेज रही हूँ। मेरी इस भेंट को मूल्यवान् उपहार समझकर ग्रहण करो।

वह एक नदी है, उसके प्रवाह को रोकने की चेष्टा व्यर्थ होगी तुम्हारी। अपने आपको उसके साथ जोड़कर मैं सार्थक हूँ, संपूर्ण! तुम तो हो ही, अपने भीतर झाँककर देख लो!

□

12
गली में

बड़ी तेज उमस है, बादल उमड़-घुमड़कर चले गए। बरसात हो जाती तो अच्छा रहता। जीतू के मन में यही बात बार-बार आ रही है। आज जब वह झंडियाँ बनाने का सारा सामान जुटा चुका है तो चाहता है खूब पानी बरसे। अपनी चौड़ी दहलीज पर बैठकर वह झंडियों को रँग लेगा और झंडियों पर कमचियाँ भी चिपकाकर रख लेगा, फिर उस दिन अपने ही चौराहे पर खड़ा होकर दूर साइकिल और रिक्शे पर एक-एक लगा देगा। अब तो इस नन्हीं सड़क से कारवाले भी कभी-कभार गुजरने लगे हैं। उनमें भी लगा देगा। दस-बीस रुपए की कमाई हो ही जाएगी। छोटी सी निक्कर पहने नंगे बदन बैठा जीतू पसीने से सराबोर था। दो-तीन उससे भी छोटे-छोटे बच्चे उसके पास खड़े थे। जीतू की माँ उर्मिला दाई का काम करने निकली थी। कहा था कि एक साथ ही सारे काम निपटाकर आएगी तो लेई बना देगी, तक तक तो जीतू झंडियाँ रँगता ही रहेगा। मिट्टी के एक सकोरे में केसरिया से मिलता-जुलता रंग घोला हुआ था। पुरानी कॉपी का एक पृष्ठ सामने रखकर जीतू रंग परख रहा था। "लगता है लाल और पीले रंग को मिलाकर बनाते हुए केसरिया रंग में लाल थोड़ा ज्यादा ही पड़ गया।" होंठों-ही-होंठों में वह बुदबुदा उठा। अब पीला रंग है भी नहीं, क्या करे? सामने खड़े दो-तीन अपने से कम उम्र के छोकरे-छोकरियों की ओर नजरें उठाईं। "देख तो रे मुरइया, यह रंग झंडी में चलेगा?" जीतू के बिखरे बाल कपाल पर लटके हुए थे।

"एकदम चलेगा," पतला-दुबला मरकिटया-सा मुरइया नाम का प्राणी जोरदार शब्दों में बोला।

"क्या चलेगा पगले, ज्यादा लाल नहीं हो गया?"

"हो तो गया।"

"तब?"

"का होगा जीतू भैया, यै कौनौं आजाद मैदान में फहराया जाएगा! इ तो रक्सा साइकिल के लिए न है। चल जाएगा।" छोटी मुनिया ने समझाकर कहा।

"अरे, सच रे मुनिया! ठीक समझाया।" जीतू खुश हो उठा। वह हरे रंग का घोल दूसरे सकारे में तैयार करने लगा। कागज कतर-कतरकर पहले ही रखे थे। एक ही आकार का आयताकार कागज और रंग खरीदकर लाने में अम्माँ को कितनी परेशानी का सामना करना पड़ा था। अम्माँ खीझ भी उठी थी। सातवीं क्लास में पढ़नेवाले लड़के जीतू के लिए वैसे ही कागज-पेंसिल जुटाना हँसी-खेल नहीं था। ऊपर से वह टंटा हर साल खड़ा कर देता है जितुआ। झंडी बनाएँगे और लोगों की साइकिल-रिक्शे में लगाएँगे! इस गली में ज्यादातर रिक्शेवाले और ताँगेवाले ही रहते हैं। आगे जाकर एक-दो तल्ला मकान है, जिसे निरंजन बाबू ने कब्जा कर रखा है। उसमें अब उनके चेले-चाँटे रहते हैं। उर्मिला दाई जब लाख तमाश करके कागज-रंग खरीद लाई तो बैजू रिक्शावाला रोककर कहने लगा, "फिर जितुआ भोरे-भोरे दस-बीस पैसा अंटी से बोहनी से पहले मार ले जाएगा।"

"और एक छोटी झंडी से तुम्हारा रिक्शा कैसा शानदार हो जाता है, सो नहीं देखते हैं!" झमककर बोली उर्मिला दाई।

"हें-हें-हें, ठीक कहती है उर्मिला, रिक्शा हो जाता है साक्षात् लाल किला!" बूढ़ा गुदरू रिक्शावाला हँसने लगता है।

"अच्छा मैं मना कर दूँगी। तुम लोगों के रिक्शे में न लगाए झंडी।" उर्मिला तमककर फिर कहती है।

"अरे, अइसा नहीं करना, मजाक कर रहे थे। झंडी लगाकर घूमते हैं तो याद रहता है दिन भर की सुराज-दिवस है।"

"हूँ, मजाक करते हैं!" बड़बड़ाती हुई उर्मिला आगे निकल जाती है। इस लड़के की जिद ने तो तंग कर दिया मुझे, सोचती है। पुस्तकें तो इस घर से उस घर से माँग कर ले ही आती है, इसके लिए कपड़े भी माँगकर ही पहनाती है। चार घर की कमाई से पेट चलता है, फिर रात-रात भर लालटेन जलाकर पढ़ता है। बड़ी मुश्किल है। जब से निरंजन बाबू जीतकर मंत्री हुए हैं, सुनने में आया है कि इस गली में बिजली लग जाएगी। सुनने में तो यह भी आया है कि निरंजन बाबू सुराज-दिवस को यहाँ आएँगे। अपने पीछे सभी लुच्चों-लफाड़ों को घर रहने को दे दिया। यही सब तो पहले भी था, लेकिन ऐसा नहीं था। सब निरंजन बाबू से दबकर जरा शांति से रहते थे। आजकल तो भारी गदहापचीसी मचाए रहते हैं। उस दिन जब पिछली सड़क से काम करके आ रही थी, उर्मिला को मुन्ना सिंह और जगन महतो ने पकड़ लिया था।

"उर्मिला दाई, अरे, तुम तो जवानी में खूब कटीली रही होगी!" आवाज भरभरा रही थी उनकी।

"का बाबू लोग, हँसी-ठट्ठा करते हैं, मुझ बुढ़िया से।" सहमकर पीछे हट गई थी।

"अरे, तो ठिक्के न कहते हैं मुन्ना बाबू, खँडहर बताता है इमारत बुलंद थी।" दोनों अंतिम कड़ी जोर से बोल उठे थे। मेघ की गड़गड़ाहट की तरह।

"अच्छा बता, तेरी कोई बेटी नहीं है?" जगन ने झूमते हुए पूछा था।

"नहीं।" खून का घूँट पीकर उर्मिला दाई ने कहा।

"तो क्या हुआ, बेटा तो है, वो···वो···जी···जीतू, प्यारा सा लड़की जैसा खूबसूरत!" मुन्ना ने कहा था।

"हाँ-हाँ, हमारे पास भेजना तो, जा भेज उसे।" दोनों ने उर्मिला दाई को जोर से धकेल दिया। गिरती-पड़ती भागी उर्मिला। स्कूल से तुरंत जीतू आया ही था। बस्ता रखकर पैर धोने लगा था। उर्मिला भागने के कारण हाँफ रही थी। पास पड़ी खजूर की चटाई पर धम्म से बैठ गई। कैसा बड़े लोगों का संस्कार मिला है, जितुआ को भर आई आँखों से देखने लगी उसकी ओर। कभी बिना पैर धोए देहरी नहीं लाँघता। माँ को कभी गाली नहीं देता, कभी चोरी-चकारी

नहीं की, कभी बीड़ियों के टोटे बीनकर फुक्के नहीं मारे गली में छोकरों की तरह। अब तो गली के सारे बच्चे इसके कहने में हैं। साँस पर थोड़ा काबू पाया। जीतू पैर-हाथ-मुँह धोकर पास सरक आया। उर्मिला ने खींचकर गले लगा लिया, मुलायम काले बालों में हाथ फेरने लगी।

"बेटे, जीतू बेटे।" काँप रही थी उर्मिला की आवाज।

"क्या माँ!" जीतू अपने आप में मगन था। उसने कहा, "समझा नहीं कुछ भी।"

"उधर निरंजन बाबू के कटरे की तरफ न जाना मेरे बच्चे।"

"क्यों माँ ?" जीतू अब माँ के विवर्ण मुख की ओर देखने लगा।

'क्या उन लोगों ने माँ को मारा-पीटा है ? क्या किया है ? मस्ताने हैं सब पियक्कड़ गुंडे!' जीतू की आँखों में पिछली कई वारदातें तैर गईं। 'जब तक निरंजन बाबू रहते थे, तब कभी-कभार उसे ही पुकारकर चाय या पान लेने भेज देते थे। निरंजन बाबू उसे हमेशा अच्छे लगते थे और जीतू उन्हें 'निरंजन भैया' कहा करता था। बदले में निरंजन बाबू भी जीतू को जीतेंद्र प्रसाद कहा करते थे। निरंजन बाबू सफेद झक्क कुरता-पाजामा, चमड़े की देसी चप्पल पहने जुलूस के आगे-आगे नारा लगाते, चौराहों पर भाषण देते, गेंदे की माला पहनकर अनशन करते कितने भले लगतें! जीतू को उनकी यह छवि बड़ी अच्छी लगती।

एक बार निरंजन भैया कई दिनों तक नहीं दिखे थे, तब माँ ने ही कहा था। "जीतू, निरंजन भैया ने तुम्हें बुलाया है। बीमार हैं। जाता क्यों नहीं ?" और जीतू भागकर उनके पास पहुँचा था। अपने कमरे में एक पलँग पर निहायत भड़कदार चादर पर वैसी ही चादर ओढ़कर लेटे थे निरंजन भैया। उनके कमरे में सिगरेट की टुकड़ियाँ बिखरी पड़ी थीं। दीवार पर अधनंगी लड़कियों के पोस्टर चिपके थे। छठी क्लास में पढ़नेवाले जीतू ने यह भी देख लिया था कि बेहद सस्ती और घटिया किस्म की रंगीन पत्रिकाएँ कमरे की मेज पर पड़ी थीं। "क्या देख रहे हो जीतू, मेरी ओर देखो।" भैया ने धीमी आवाज में कहा। 'जीतू झेंप गया था।'

"कुछ नहीं भैया। झाड़ू कहाँ है, मैं लगा दूँ।"

"हाँ-हाँ, पीछे वाले बरामदे में है। ले आओ। जीतू ने तुरत-फुरत झाड़ू लगाकर कमरा साफ कर दिया। पत्रिकाओं के अंबार को करीने से लगा दिया और निरंजन बाबू के पैर सहलाने बैठ गया। "भैया, अब तो बुखार नहीं है? थर्मामीटर कहाँ है, देखूँ।" शरीर ठंडा देख उसने कहा।

"थर्मामीटर कौन रखता है? जा भागकर मेरे लिए रोटी और मक्खन ले आ। भूख लग रही है।" पैसे निकालकर जीतू के हाथ पर रख दिए निरंजन ने। तब जीतू को छुट्टी मिली थी। दूसरे दिन से फिर वही धुआँधार कार्यक्रम शुरू हो गया था। इलेक्शन नजदीक आ गया था इसलिए। उस दिन जीतू स्कूल जाने के लिए निकला ही था कि निरंजन भैया और उनके काफिले से टकरा गया। निरंजन भैया आगे-आगे साइकिल पर सवार थे, पीछे-पीछे उनका भैरव दल था। निरंजन साइकिल से उतर पड़े।

"जीतू, मास्टर जितेंद्र प्रसाद, मैं आज जा रहा हूँ अपने चुनाव अभियान पर। तुम सामने मिल गए। अब जरूर मेरी जीत होगी। तुम्हारा मुँह मेरे लिए बड़ा शुभ है।" सारी गली में सामने जीतू हीरो हो गया। उसका सीना चौड़ा हो उठा। वाह, निरंजन भैया ने तो कमाल कर दिया। ईश्वर उनका भला करेगा। वह जरूर जीतकर आएँगे। जीतकर आएँगे तो जरूर करवा देंगे झुग्गीवालों के लिए मकान की व्यवस्था करेंगे। आस्माँ बेगम के जिस मकान को इन लोगों ने कब्जा कर लिया है, उस मकान में गली के बच्चों के लिए एक अच्छा स्कूल खुलवा देंगे। ऐसा है तो कहते हैं निरंजन भैया। बच्चों को स्कूल यूनिफॉर्म और संतुलित आहार स्कूल में ही दिलवाएँगे। अनायास सावधान की मुद्रा में खड़े होकर उसने तीन उँगलियों से सैल्यूट किया जीतू भैया को और जोर से कहा, "जय हिंद!" जीतू के पीछे-पीछे गली के सभी बच्चे चिल्ला उठो थे—'जय हिंद'। देर तक जीतू का कान जय हिंद की गूँज सुनता रहा। चुनाव तक घोर तनाव में जीता रहा था। चुनाव परिणामों में उनकी पार्टी की जीत सुनकर वह रो पड़ा था। भैया इस गली में आएँगे तो जीतू बड़ा जश्न मनाएगा। सभी बच्चों को इकट्ठा कर उसने गली साफ की। मकान

के बरामदों और सीढ़ियों को साफ किया। सीढ़ियों पर देर तक बैठा रहा कि कब कोई आए और ताला खुले, तभी मकान के कमरे साफ होंगे, लेकिन उस दिन कोई नहीं आया। कई दिनों तक कोई नहीं आया था। अखबारों से पता चला कि निरंजन भैया मंत्री बन गए हैं। उसका मन खुशी से भर उठा, लेकिन अब तक भैया इस गली में आए क्यों नहीं? किससे पूछता? मन-ही-मन सोचा कि अब तो बड़ा काम होगा उन्हें, फिर भी उन्हें आना तो चाहिए ही! उनके साथी, जो उसे कभी अच्छे नहीं लगते थे, अब और बुरे लगते हैं। कितना शोर मचाते हैं। गाली-गलौज करते हैं। एक दिन जीतू को पकड़ लिया था। कैसी दुर्गति बनाई थी। याद कर अभी भी भय से सिहर गया जीतू। सारे शरीर पर चकोटने के निशान। गाल और होंठों पर दाँत काटने का जख्म और लँगड़ाकर चलना माँ से छुपा नहीं रहा था। बुखार भी हो आया था। हाजत जाते दम निकलने लगता।

"क्या हो गया मेरे बेटे? ये जगह-जगह निशाने कैसे हैं?" माँ ने पूछा।

"कुछ नहीं माँ, अपने स्कूल के अमरूद वाले पेड़ पर चढ़ा था, गिर गया।" झूठ बोलते हुए कसक सी हुई। आँखें बंद कर चादर में मुँह छुपा लिया। कैसे माँ से वह सब दुर्दांत घटना कह सुनाए! उस पर क्या बीतेगी? पहले ही वह क्या कम दु:खी रहती है! विधवा बेचारी, चार घर बरतन माँज-घिसकर परिवार पालनेवाली। वह बेटे की माँ है, इस बात पर गर्व करनेवाली कैसे वह अपनी माँ का गर्व खंडित कर दे! लेकिन माँ ने यह क्यों कहा कि दोतल्ले मकान की ओर कभी न जाना। धीरे-धीरे जीतू के भीतर सन्नाटा गहराता गया था। पिछले दो महीने दो साल की तरह लगे उसे। रात-दिन गली में आँखें बिछाए रहता जीतू। आँखें राह बन गईं। आँखें गली बन गईं। गली के छोर पर दोतल्ला मकान है, जिसमें निरंजन भैया को आना चाहिए। यह मकान अब स्कूल बन जाना चाहिए और झुग्गियों के बदले अच्छे मकान हमें मिल जाने चाहिए। कुछ बच्चे कॉरपोरेशन के स्कूलों में पढ़ते थे। बाकी कूड़ों में से शीशे बीनते रहते। जीतू उन्हें कोंच-कोंचकर पढ़ने चलने को कहता। पर स्लेट-पेंसिल के अभाव में स्कूल नहीं जा पाते।"

"बड़ा भला करेंगे निरंजन भैया। अब कम-से-कम उन लोगों को शर्म आनी चाहिए, जो उन्हें लफंगा कहते थे।" जीतू बुदबुदाता है।

"कौन लफंगा कहते थे?" मुरइया पूछता है।

"कहनेवालों की कमी है? बड़े लोगों को तो ऐसे ही लोग कहते हैं। अम्माँ कहती है, कौन नहीं लफंगा है, लेकिन जिसे कोई नहीं जानता, उसकी कोई बिसात ही नहीं और जो नामी-गिरामी हैं, सभी की निगाहों में चढ़ जाते हैं। हाथी के पाँव के निशान होते हैं, बिल्ली के पैर के निशान थोड़े ही होते हैं।" जीतू अपनी रौ में था।

झंडियाँ तैयार होकर सुतलियों से चिपका दी गई थीं। गली चमक रही थी। दोतल्ले की ओर जाकर किसी में साहस न था कि पूछे कि किस तरह निरंजन भैया आएँगे? ऊँह, जब भी आएँगे। हम सुबह मुँहअँधेरे उठकर झंडियाँ लटका देंगे और स्काउट वाला ड्रेप पहनकर मुहाने पर खड़े रहेंगे। रात भर नींद नहीं आई जीतू को। भोर में प्रभात फेरी लगाने का कार्यक्रम रखा था उसने। पूरी गली के बच्चे उठकर ठीक समयर पर आ गए। झंडियाँ उठाकर दोनों ओर बड़े जतन से टाँग दिया। अम्माँ झींकती-झींकती घरों में काम करने निकल गई। क्या फायदा हुआ झंडियाँ बनाने का? कहती हुई। कितनी भोली है अम्माँ भी। इससे बड़ा कौन सा अवसर हो सकता है? झंडियाँ बेचकर कौन बहुत से पैसे हो जाएँगे! माँ सुराज की भावा को क्या समझे? माँ निरंजन भैया के आने के अवसर को क्या महत्त्व दें! लेकिन बेचारी माँ, आज भी वह काम करने गई हैं। पर क्या हुआ, बिना काम किए कोई जी सकता है? सुराज हो या जो हो। सभी अपनी-अपनी औकात भर काम करते हैं। अपने इस दर्शन से जीतू प्रसन्न हो उठा। कितना अच्छा सोच लेता है वह! तभी सिपाहियों का एक दल आकर खड़ा हो गया। जीतू उन्हें देखकर मुसकराया। वाह, क्या कमाल है, धरना-अनशन के वक्त, जो सिपाही निरंजन भैया को पकड़कर ले जाते थे, वही आज उनकी शान बढ़ाने उनकी सुरक्षा के लिए खड़े हैं। सिपाही भी उसे देखकर मुसकराया।

"क्या है बचावा, बड़ा स्काउट बनकर खड़े हो!" उससे पूछा।

"हाँ-हाँ, हमारे निरंजन भैया हैं न, उन्हीं की अगवानी के लिए।"

"ओ देखो, पहचानते हैं कि नहीं?" सिपाही ने होंठों में खैनी भरकर पच्च से थूका।

"पहचानेंगे क्यों नहीं, इस गली से तो उठकर गए हैं, हमें बड़ा प्यार करते हैं।"

"सो ही देखना।" सिपाही ने फिर कहा।

कैसा बेवकूफ है यह सिपाही, अजीब बातें करता है। यह क्या जाने कि निरंजन भैया कैसे हैं? हमें याद नहीं हैं तो दोतल्ले में स्कूल बनवाने क्यों आ रहे हैं? मुरइया, मुनिया और गली के सभी बच्चे गरीबी की ठाठ में सज-धजकर खड़े थे। माथे से तेल चू रहा था। साफ धुले पर फटे कपड़े पहने थे। धूप निकल आई थी। बेहद तेज-तल्ख धूप। स्कार्फ से कसे गले में चुनचुनाहट होने लगी। एक बार पीछे मुड़कर दोतल्ले की ओर निगाह दौड़ाई। बड़े से रुपहले बाँस पर झंडा बँधा हुआ था, नीचे कुछ बिखरे थे। लगता है, निरंजन भैया झंडा फहराएँगे! एक बोर्ड भी उलटकर रखा था। वह बोर्ड जरूर स्कूल का होगा। क्या नाम रखा होगा स्कूल का? 'आदर्श बाल निकेतन' या 'निरंजन विद्यालय' पता नहीं। जब तक भैया नहीं आएँगे, वह उधर जाने की हिम्मत नहीं करेगा। भैया जैसे ही झंडा फहराएँगे, जीतू झंडे का गीत और राष्ट्रगीत गाएगा।

"मुनिया सुन..." उसने आवाज दी।

"क्या?" मुनिया के साथ और बच्चे जुड़ आए।

"तुम लोगों को झंडे का गीत आता है न? मैंने सिखाया था न!"

"हाँ, याद है।"

"तो जैसे ही झंडा फहराया जाएगा, तुम लोग मेरे पीछे गाना, है न!"

"अच्छा ठीक है।" सबों ने सिर हिलाया। अचानक गली में हलचल मच गई। गाड़ियों का ताँता लगा। सफेद झक्क कपड़ों की भीड़ में बच्चे दब गए। गाड़ियों का काफिला दोतल्ले मकान के सामने जाकर ठहर गया। जीतू अपने साथियों के पीछे-पीछे दौड़कर दोतल्ले में पहुँच गया। तालियों की गड़गड़ाहट के बीच निरंजन बाबू ने झंडा फहराया। भारी गरगराते कंठों ने राष्ट्रगीत गाया।

पीछे–पीछे जीतू और उसके साथी फूले हुए साँस पर काबू पाते दुहराने लगे। तभी माइक पर निरंजन भैया का सधा हुआ स्वर गूँजने लगा। एक हाथ से माइक पकड़े हुए थे। दूसरे हाथों से अपने दोनों साथियों के कंधों को घेरे हुए थे।

"इन्हीं के प्रयास से आज मैं इस ऊँचाई पर पहुँचा हूँ! और इन्हीं के प्रयास से आज यह दो मंजिला मकान युवाओं के कल्याणार्थ समर्पित करता हूँ। हमारे देश के युवा क्रांतिकारी बंधु इसमें रहकर कल्याणकारी योजना बनाएँगे। हमें मार्गदर्शन देकर सफल प्रशासक बनने का···।"

एक–एक शब्द जीतू के कान में घन की तरह चोट करने लगे थे। यह क्या कह रहे हैं निरंजन भैया स्कूल की बात थी न? आगे की भीड़ को चीरकर वह निकलना चाह रहा था निरंजन भैया को याद दिलाने के लिए। भाषण समाप्त कर निरंजन भैया, गाड़ी पर बैठ चुके थे। किसी तरह जोर लगाकर निकल आई। वो रहे निरंजन भैया! लपका आगे की ओर कि एक लंबी मजबूत लाठी ने पेट के समानांतर आकर उसे पीछे की ओर फेंक दिया। गाड़ियों का काफिला चला गया था। हलका–फुलका चौदह साल का जीतू सीधे सुतलियों में बँधी झंडियों पर ही गिरा। सुतली टूट गई, झंडियाँ फट गईं। धूल–धूसरित जीतू तनकर खड़ा हो गया। सभी बच्चे पास खिसक आए थे। एक नजर जीतू ने युवा क्रांतिकारियों की ओर देखा। वे भी दोतल्ले में ताला लगााकर आगे बढ़ गए अपनी–अपनी जीप में। गली फिर सूनी–की–सूनी रह गई।

"जीतू भैया, झंडियाँ टूट गई, बाँध दूँ?" मुरइया ने आकर कहा।

"नहीं, रहने दे।" जीतू भावहीन चेहरा लेकर अपनी देहरी पर आ गए। उसके पीछे–पीछे गलियारे के बच्चे सरकते हुए आए और आँगन में थम गए। धूप तेज हो गई है। थोड़ी देर पहले जा एक तूफान का गुब्बारा–सा उठा था, लग रहा है, उसमें कोई सूची भेद्य–छिद्र था, वह निकल गई। हवा गुम है। बड़ी उमस है इस गली में।

□

13

सबित्तरी

"भौजी, भौजी, किसना भैया आया है।" दौड़ती-हाँफती सोनिया आकर मैना को कह गई, फिर वैसे ही इसे अवाक् छोड़ भागकर चली गई। मैना का मूँग फटकता हाथ सूप को पकड़े ही जड़ होकर रह गया।

"ऐं ह ह," करते हुए ससुर आँगन की ओर आए, तब याद आया मैना को कि अभी तो चावल डालकर मूँग का उसना बनाना है। सूप हाथ में लेकर उठी और पिछवाड़े से संठी का पूला ले आई। चूल्हे पर हाँड़ी चढ़ा संठी में दियासलाई जला कर धर दिया। 'फन्न' से आग की लौ भड़क उठी। थोड़ी देर में अदहन सुम्माने लगा। मैना ने चावल और मूँग की अधदली दाल हाँड़ी में डाल दी। नमक और हल्दी भी डालकर फिर बैठ गई, चूल्हे में संठी उसकाती हुई। जरा-सी भी कोताही से संठी में पसाह लग जा सकता है, फिर आग भी तो नहीं रहती। बुझते ही बिला जाती है और तब फिर दियासलाई रगड़ो। इस बरसात में दियासलाई कितनी कीमती हो गई है। सूने आँगन में कहीं कोई नहीं था, सभी खेतों की ओर निकले होंगे। अकेली मैना ही औरत है इस घर में, काम करते-करते दम निकल जाता है। किसना आया है गाँव, शायद साल-सवा साल से ऊपर हुआ, जब वह गाँव छोड़कर पंजाब भाग गया था। मैना सोचती है 'कैसा होगा अब किसना? क्या वह सबकुछ भूल गया होगा? अपनी जिल्लत, अपना प्यार?'

"भौजी, कब से यहाँ बैठी हो, हाँड़ी में क्या है, पका भी, देखो तो," यह मैना का देवर था, जो कहते हुए आकर ओसारे पर बैठ गया। अब मैना प्रकृतिस्थ हुई। काठ की दावी घुमाकर कुछ चावल और मूँग के दाने निकाले, दबाकर देखा, पक गए थे। थाली ले आकर चुपचाप परोस दी और सामने रख दी।

"भैंस का सारा दूध मिसिल (मशीन) पर दे आते हो, थोड़ा भी तो रहने दो कि घी बने। रूखा-सूखा खाना पड़ता है।" मैना इतनी देर बाद बोली। "अरे मैना भौजी, तुम्हारा हाथ लग गया न खाना में ऐसे ही खुशबू फैल गई।" हँसते हुए कहा देवर ने और खाने लगा।

"आहा, तब हाथ सूँघकर ही चले जाओ, खाना खाने की क्या जरूरत?"

"सो भी चलेगा, लाओ हाथ सूँघने दो।" हँसते हुए कहा उसने।

"अहँहँऽऽ…" करते हुए ससुर आ गए। मैना ने उनकी थाली भी परोस दी। एक-एक कर चारों देवरों के खा चुकने के बाद मैना खाने बैठी। खाकर उठी ही थी कि पड़ोस की सुनरी दासिन आ पहुँची।

"गोड़ लागी, दासिन काकी, बड़े दिन बाद आई हो?" रसोई में साँकल चढ़ाती हुई मैना ने कहा।

"अरे दुलहिन, कहाँ फुरसत होती है और जब मैं आती भी हूँ तो तुम रहती नहीं हो। तुम्हारे ससुर के पास बैठकर चली जाती हूँ।" बैठती हुई दासिन काकी ने कहा।

"बैसनी लो काकी," पटरा आगे करती हुई कहा मैना ने। "ऐ, ठीक है," बैठ गई पटरे पर वह। "पर चली कहाँ जाती हो?"

"ठीकेदार काका की बेटी की थोड़ी देर जाकर पढ़ा देती हूँ काकी," नजर नीची कर ली उसने।

"ठीक ही तो है बेटी, विद्या है तो दान करती हो। पर वही काहे नहीं आ जाती है यहाँ, तुम कोई गैर थोड़ी हो उनकी बेमात्रे भाई (सौतेले) की पुतोहू हो। भौजी ही लगी ललिया की।"

"वहीं बुलाते हैं।" उसका स्वर और धीमा हो गया।

"बलदेवा और तुम्हारा ससुर जब जाने देता है, तब ठीक ही है।" साँस भरती हुई बुढ़िया बोली। मैना चुप ही रही।

"किसना लौटकर आया है पंजाब से," धीमे-धीमे स्वर में कहा दासिन ने। मैना चुपचाप उसका मुँह देखती रही। कुछ बोली नहीं।

"वाह, क्या फूटकर जवान निकला है। आया था तो उसके पीछे-पीछे एक आदमी सामान लादकर आया था। मैंने कहा, "रे किसना, तू तो बाबू हो गया रे।" कहा, "डॉक्टर बाबू वाला डिरेस पहने है रे।" तब उसने हँसकर कहा कि "यही डिरेस पंजाब में मोची भी पहनता है।" मैना फिर भी चुप रही। दासिन अपनी ओर से किसना का बखान करती रही। मैना उठकर खड़ी हो गई। दासिन संकेत समझकर आँगन से निकल गई।

दिन रहते ही रोटी सेंककर, लहसुन की चटनी पीसकर रख दिया था मैना ने। खाट झूल आई थी, उसी की रस्सी खोलकर कस रही थी। रस्सी का एक छोर दाँत से पकड़े हुई थी और दूसरा छोर हाथों से खीच रही थी। आँचल अस्त-व्यस्त था, भूरी घुँघराली लटें पसीने से कपाल पर चिपकी थी।

"अरे, अकेले क्या कर रही हो? महादेव और राजू से क्यों नहीं कहा," कहते हुए बलदेव अंदर आया। दाँतों से रस्सी पकड़े हुए ही मुड़कर देखा। बलदेव के पीछे कोई था। उसने झेंपकर रस्सी छोड़ दी। आँचल ठीक करने लगी। "पहचान रही हो, कौन है? अपना किसन चंद है। बैठो भई।" लाल गमछी से यूँ ही ओसारा झाड़ते हुए कहा बलदेव ने। एक बार भी उसकी ओर देख नहीं सकी मैना। जड़काट हुई खड़ी रही।

"बैठो भी, खड़ी क्यों हो?" बलदेव ने फिर टोका। यह थोड़ी खिसकी, फिर भी खड़ी रही।

"अच्छा नहीं बैठोगी तो काम ही करो, क्या भाई बूटी छनेगी?" बलदेव ने किसना से मुखातिब होते हुए पूछा। "तुम्हारी आदत तो चा-ऊ पीने की भी लग गई होगी, वही बनवाऊँ?"

"अरे, बूटी के क्या कहने, वहीं चलें, चा तो फिर घर में बनाकर पी लेंगे।" किसना ने कहा। मैना जा चुकी थी भाँग पीसने। थोड़ी ही देर में दो

लोटे में भाँग घोलकर ले आई। काफी देर तक बलदेव और किसना बतियाते रहे। मैना थककर सो गई थी।

सुबह नीम अँधेरे में नैना घाट पर गई गीली संठी लाने। चुनकर बोझा बाँध रही थी कि पीछे से आवाज आई, "रहने दो, मैं बाँधकर बोझा तुम्हारे घर पहुँचा देता हूँ।" मुड़कर देखा मैना ने, किसना लाल फूलदार लूँगी पहने खड़ा था। आगे आकर बोझा बाँधा और उठाकर इसकी बाड़ी में रखवाया। यह काम भी नहीं कर सकता है, कोई अकेले मैना करती है सब। किसना मन-ही-मन सोचता रहा। गोप-ग्वाले के घर में पैदा हुई लड़की के लिए यह काम कौन भारी था, लेकिन मैना की बात ही और थी। उसका बाप उसे पढ़ने को स्कूल भेजता था, किसना, मुसना और बलदेव भी उसी स्कूल में जाते थे। फूल-पान तो बचपन में ही चढ़ चुका था उसका बलदेव के साथ, लेकिन रहती हरदम किसना के साथ ही थी। दस-बारह साल के रहे होंगे ये कि बलदेव ने एक चिट्ठी लिखकर दी थी मैना को। बिना पढ़े ही चिट्ठी फाड़कर फेंक दी और रोती-राती घर चली गई, फिर कभी स्कूल नहीं आई। किसना ने भी आना छोड़ दिया। जमकर मजदूरी और खेती करने लगा। एक दिन खेत से खेसारी का बोझा उठाकर किसना आ रहा था, मैना के हाथों में भी एक छोटा पूला था। मेंड़ पर पटककर बैठ गया किसना।

"क्या हुआ, तू बैठ क्यों गया? तेरे लिए दिन निकला आता है?" मैना ने भी बैठते हुए कहा।

"अरे, बैठ न, क्या हुआ रात हुई जा रही है तो! अच्छा बता, तू क्या गौने पर जानेवाली है?"

"हाँ आँ," टाँग झुलाती मैना ने कहा।

"उसी बलदेव मरकटिहे के साथ रहेगी तू?"

"और क्या, तेरे जैसे गबरू के साथ! मजदूरी करके तीन सेर अनाज लाएगा, क्या कूटेगा-पीसेगा, क्या हाट करेगा?" कहकर खिलखिला पड़ी।

"मैना, सोच-समझकर बोल, तू कैसे मुझको छोड़कर रहेगी रे?" किसना भावना में बहकर बोल रहा था।" क्या दौलत ही सबकुछ है? मैं

मजदूर हूँ तो क्या हुआ ? तेरी-कसम, सवाँग है तो सब है, एक दिन देखना, तुझे रानी बना दूँगा, रानी।" "हा-हा-हा, हो-हो-हो रानी, कहाँ से, डकैती-चोरी तो नहीं करेगा न रे! जानता है, मेरे ससुराल वाले कितने अमीर हैं? ऐसा भी नहीं हो सकता है ?"

"अच्छा मैना, अगर मैं मजदूर नहीं होता तो, तब भी तू चुपचाप बलदेवा के घर चली जाती ?"

"नहीं रे किसना, मैं तो अब भी जाना नहीं चाहती, लेकिन क्या करूँ ?" टूटकर गिर पड़ी थी मैना किसना की छाती पर। थोड़ी देर तक लिपटकर वैसे ही बैठे रहे दोनों। खेतों की इठलाती हवाएँ, दौड़ते हुए खरहे, घोंसलों को लौटते हुए पंछी बस गवाह थे इस स्वीकार के।

15वें दिन गौना था मैना का। बारात आ चुकी थी। औरतें बारातियों के मुँह के पास हाथ ले जाकर गा रही थीं—

"सरलसुपारी नै लेबो रे, नाक पर नेटी रड़ि देवी रे।" और सड़े हुए सुपारियों को लौटा रही थीं।

"मऽऽअ, बहि," कहते हुए बाराती जरा भी झेंप नहीं रहे थे। एक ही तो गाँव था, छोटी सी धारा के इस पार और उस पार का अंतर था। एक ही खेत-खलिहान के खवैये! आँगन में मैना को आलता-बिंदी लग रहा था। मैना थी कि रोए जा रही थी। मैना का बाप ओसारे पर बैठा हुआ था उदास। किसना लहकता हुआ अंदर आया।

"काका, मैना की विदाई नहीं होगी।" उत्तेजित सा वह बोल उठा।

"पगला गया है क्या रे, कौन बोला ?" मैना का बाप गमछी कंधे पर रखकर खड़ा हो गया।

"तुम खाली धन पर जाते हो, मैना से पूछकर देखो, वह जाना नहीं चाहती।"

"चोऽऽप, साला, धीरे बोल," मैना का बाप तड़प उठा। "मेरी बेटी को बदनाम करता है ?"

"मैं नहीं, तुम अपनी बेटी से पूछकर देखो, वह हमको छोड़कर उस

मरकटिहे के पास जाएगी?" सीना ठोंकते हुए कहा किसना ने। जोर से एक लात मारी मैना के बाप से किसना के। एक हाथ से बुड्ढे की टाँग और दूसरे हाथों में उसकी गरदन दबोचकर छाती पर चढ़ बैठा किसना कि पीछे से किसी ने उसकी जुल्फें पकड़कर खींच लिया।

"ऐ किसना, उतर मेरे बाप के कलेजे पर से, सूरत देख जाकर चोर के पानी से तब मैना को जवाब दिलवाकर अपने घर बैठाना, खबीस कहीं का!" आँखों में खून उतर आया था मैना के। किसना के हाथ-पाँव ठंडे हो गए। सारा जोश बिला गया। उसी दिन भाग गया वह गाँव से। सो इतने दिनों बाद लौटकर आया है। आने पर सुना, बलदेव के बाप को उसका छोटा भाई ठीकेदार साहब पाँच बीघा जमीन देकर अलग कर दिया, दो-चार भैंस और कुछ बूढ़े बैल भी दिए। जीवन भर खेत देखने और ढोर चरने की कोई कीमत नहीं आँकी गई। आने के बाद उसने पाया, गाँव के लोग या तो सभी कुछ भूल गए हैं या उन्होंने छिमाकर दिया किसना को। सच, किसना ने कैसा अनर्थ करना चाहा था, गाँव की बेटी की इज्जत उछालने की कोशिश की थी, क्या हुआ, जो मैना का बाप इस गाँव का पुराना बाशिंदा नहीं था, पाही-पट्टी था। मैना के लिए उसके मन में अकूत आदर भर आया।

बलदेव और अधिक सुट्टा हो गया था और मैना अधिक गदरा गई थी। उसकी आँख दिन भर मैना के घर पर ही लगी थी। काम करती हुई, सिली हुई साड़ी पहने मैना, उदास लगती रही। जो मैना पटुआ का साग (जूट का) तोड़कर भी अपने खोइंछे में नहीं ले जाती, वह भीगी संठी का बोझा अपने सिर पर ले जाती है। पटुआ गोड़ते हुए किसना एक पल के लिए भी नहीं भूलता है, सन निचोड़ते हुए उसका कलेजा भी निचुड़ने लगता है। यह तो सदा का मेहनती मजदूर है, बेचारा बलदेव तो कुछ कर भी नहीं सकता, कह रहा था—"भाई, क्या करूँ एक छोटा-मोटा लटखेना का दुकान कर लिया है। थोड़ी-बहुत बिक्री हो ही जाती है। छोटा भाई मिसिल (मशीन) खरीदना चाहता है। दूध घर में ही पेरेगा। पैसा जमा करने के लिए सारा दूध काका के मिसिल पर दे आते हैं। उसमें भी लगता है बेइमानी ही होता है। पर कोई दूसरा

उपाय भी तो नहीं है।"

"सब ठीक हो जाएगा भाई, तुम्हारा भी दिन घुरेगा।" समझाया था किसना ने। गाँव के लोग ही नहीं, किसना भी मैना को सवित्तरी मानता है, उसी के परताप से सबकुछ ठीक हो जाएगा।

शाम ढल गई थी। दीया-बाती की वेला थी। ओसारे पर चटाई बिछाकर केथरी में अंतिम तागा देकर उठ रही थी मैना कि किसना हाथ में झोली लिये आ गया।

"बलदेव भाई कहाँ हैं, यह सामान तुम लोगों के लिए है, रख लो।" झोले से फुलेल की शीशी, गमकौआ साबुन और एक सिगरेट का पैकेट निकलाते हुए कहा किसना ने। एक चाय का पैकेट, उसके हाथ में देते हुए कहा, "जरा यह चाय तो बना लो, तीन गिलास बनाना, तुम भी पीना।" बोलते हुए बैठ गया।

"वह तो नहीं है, तुम बैठो, मैं बना लाती हूँ चाय।"

"कहाँ गया, मैं बुला लाता हूँ।" उठने लगा।

"नहीं बैठो, वह तो हटिया पर गया है। मैं चाय लाती हूँ।"

"अरे, छोड़ो तब, मैं फिर आ जाऊँगा।" वह जाने लगा।

"सुनो, बैठो न, मेरे पास नहीं बैठ सकते क्या? इतना रोख?"

"नहीं, ऐसा नहीं है···।"

"ऐसा ही है," वह पास सरक आई, उसके कंधे पर अपना सिर रख दिया। उसकी भूरी लटें कपाल पर वैसी ही चिपकी थीं, जैसी पहले रहा करती थीं, थोड़े से उभरे हुए होंठों पर चमक आ गई थी, साँस गरम हो रही थी। किसना ने हौले से कंधे से सिर हटा लिया। "मैं चलूँ!" उठने लगा।

"किसना, मैं तुम्हारा नाम रात-दिन रटती रही रे, तुमने मेरा विरोध देखा, मन नहीं देखा, लेकिन कैसे नहीं देखा? यह सब तुम मेरे लिए लेकर आए हो, क्या बिना मन जाने?" बाँहों में भर लिया मैना ने किसना को।

"अरे रे, क्या करती हो, मैं चलता हूँ।" झटककर खड़ा हो गया।

"क्यों रे किसना, इतना मान करता है, मैं अब झटके में ही सब तोड़कर

आ जाऊँगी तुम्हारे पास, तुमने ठीक ही कहा, यह बलदेव किसी काम का नहीं, भँगेड़ी, गँजेड़ी है···"

"यह सब क्या कह रही हो, तुम तो साच्छात् साबित्तरी हो मैना, तुमने मुझको आदमी बना दिया, मैं चल रहा हूँ।" वह तेजी से निकल गया।

'हा-हा-हा, सबित्तरी, हो-हो-हो सबित्तरी वाह री मैना! मैना फूट-फूटकर रोने लगी, सामने पड़े हुए फुलेल पर हाथ फेरती हुई।

□

14

विवश विक्रमादित्य

कमिश्नर साहब के यहाँ पार्टी समाप्त हो चुकी थी। चंद अफसर और शहर के गण्मान्य सारे अतिथिगण चले जा थे। लॉन में बिछी कुरसियों पर अब कमिश्नर श्री सक्सेना और श्रीमती सक्सेना बैठे थे और साथ में बैठे थे नए जिलाधिकारी श्याम साहू और उनकी पत्नी सीमा, जिनकी शान में यह दावत दी गई थी। अभी दो दिन पहले ही श्याम ने कार्यभार सँभाला था। रिवाज के अनुसार कमिश्नर के यहाँ पहली पार्टी हुई, जिसमें जिला के अन्य समकक्ष अधिकारी और शहर के चुने हुए लोगों से श्याम का अनौपचारिक परिचय कराया गया। राजधानी में किसी जिला विशेष में जाने पर जो हिदायतें दी जाती हैं, श्याम को उस तरह की हिदायतों की आवश्यकता नहीं पड़ी, बल्कि तबादला होते ही सहकर्मियों ने कहा था। "अच्छा, श्याम तो अपने इलाके ही जा रहे हैं न! इनका घर पास पड़ेगा, है न यार?"

"और वैसे भी जगह बड़ी शांत है, कोई प्रॉब्लम डिस्ट्रिक्ट थोड़े हैं।" दूसरे ने टीपा था। साथियों के मन में ईर्ष्या की कौंध थी, वे सोच रहे थे यह हम सबमें थोड़ा ज्यादा चालू है, मन लायक पोस्टिंग मार ली। श्याम इस पोस्टिंग के विषय में कुछ सोच ही नहीं पाया था कि उसे प्रसन्न होना चाहिए या नहीं? वैसे जिलाधिकारी के रूप में यह पहली पोस्टिंग थी। चॉयस का सवाल ही कहाँ उठता था! यह जिला किसी जमाने की एक बड़ी रियासत का एक भाग

था। श्याम के पूर्वज उसी रियासत के रहनेवाले थे, इसलिए नया कतई नहीं था। सबकुछ जाना-पहचाना था, असंख्य मित्र व रिश्तेदार थे। सबसे बड़ी दिक्कत व्यक्तिगत रूप से श्याम की यही थी कि कैसे वह अपने शासकीय काम-काज को अपने लोगों के हस्तक्षेप से बचा ले जाए? कई लोगों से उसने कह भी दिया था कि वे अब गाहे-बगाहे ऑफिस और बँगले के चक्कर काटने छोड़ दें। कमिश्नर ने स्वागत करते हुए कहा था, "आओ भई श्याम, तुम्हारे आने से बड़ा भला हुआ मेरा भी, जिला की नस तो तुम औरों से जल्दी ही पकड़ लोगे, इधर के ही हो।"

"जी हाँ सर, इलाका तो अपना ही है, लेकिन कोई खास प्रॉब्लम।"

"हूँऽऽ, ऐसा मत समझना, पढ़े-लिखे लोग साधारण लठैतों से अधिक खतरनाक होते हैं। किसने कहा तुमसे कि प्रॉब्लम नहीं है, पुलिस प्रॉब्लम थोड़ा कम है, उससे तुम्हारा कोई खास भला नहीं होगा। आजकल इस जगह की पॉलिटिकल इंपोर्टेंस बहुत बढ़ गई है। आए दिन प्रॉब्लम-ही-प्रॉब्लम क्रिएट करेंगे ये लोग।"

"जी हाँ सर।" श्याम ने चुपचाप सुन लिया। लॉन की कुरसी पर एक और व्यक्ति बैठा था, वह था भूतपूर्व रियासत का राजकुमार श्रीवत्स।

"अच्छा तो सर, हमारे लिए कौन सा दिन तय करते हैं?" राजकुमार ने पूछा।

"भई श्याम, इन्हें तो तुम जानते ही हो, ये हैं कुमार श्रीवत्स। इनके यहाँ रिवाज है, कोई भी जिलाधिकारी आए तो पहला भोज यही देंगे। अब तुम बताओ, कब रखें ये भोज की तारीख?" कमिश्नर साहब ने श्याम से ऑर्डर की शक्ल में अनुरोध किया। "अच्छा… ?" श्याम ने कुमार श्रीवत्स की ओर देखा। दीर्घ काया, अरुणाभ भरा हुआ गोल चेहरा, साधारण बुश्शर्ट और पैंट में सजा यह युवक कहीं से भी रियासत का राजकुमार नहीं दिखता। क्षणभर उसकी ओर देखता रहा श्याम, मानो लहर आई, जो सामने की मूर्ति को लील गई। उसके स्थान पर बैठा था, एक मोटा-ताजा व्यक्ति, शेरवानीनुमा रेशम की मखाब में, शांतिपुरी धोती और जरी वाली चप्पल में। मदालस गुलाबी आँखें

और गोल-गोल चमकते हीरे के कुंडल।

"हाँ, तो कल की रखूँ सर··· ?" वह युवक कहता है।

"कल कोई दूसरा काम तो है नहीं ऐसा कि रात की पार्टी टाली जाए, रख लो कल ही," कमिश्नर साहब ने श्याम की ओर से कहा।

"लेकिन सर, हमारा सामान वगैरह खोलना, सेट करना अभी कहाँ हो पाया है, हम कल उसी में लगे रहेंगे, रात को आराम करना चाहेंगे।" श्याम ने एक बहाना बनाया।

"तो फिर परसों रख लेते हैं।" कुमार साहब अड़े थे। "देखिए भई, सोचकर बताएँगे, क्यों सीमा ?" अपनी पत्नी की ओर देखकर कहा श्याम ने। ऐसे मौकों पर सीमा कुछ नहीं बोलती, वह जानती है कि इस प्रकार के प्रश्न अपने-आप में उत्तर होते हैं और श्याम शायद पार्टी टालना चाहता है।

"अच्छा सर, अब चलें!" सहसा उठ खड़ा हुआ श्याम, सीमा भी खड़ी हो गई और झटके से चला आया। अच्छा-भला प्रसन्नचित्त व्यक्ति श्याम गंभीर हो उठा था। प्रसन्न होने का समय तो अब आया था। रियासत का अदना सा, भट्ठी के मालिक का वंशज जिलाधिकारी हो गया और हेतु-हेतु मदभूत राजा उसे झुककर सलाम कर रहा था। इसी राजकुमार के बाप-दादे का मुँह लगा था श्याम का दादा। वह भी बड़े फख्र की बात थी। उन दिनों श्याम जब छोटा सा बच्चा था और कभी-कभार उसके दादा और दादीजी शहर आ जाते तो यह बड़ी अजीब सी नजरों से उन्हें देखता। काले-कलूटे छह फुटे दादाजी गाँव में ही सोडा के धुले मिर्जइ अचकन पहनकर आते, जिसके बाँधनेवाले फुँदने जरी के होते थे। वे वस्त्र राजपरिवार की निशानी थे, जो बताना कभी नहीं भूलते। दादाजी के मुँह से सदा राजपरिवार की कहानियाँ सुन-सुनकर श्याम खासा परिचित हो उठा था। दादा की याद के साथ दादी भी जुड़ी थी श्याम की स्मृतियों में, सफेद झक्क चमड़ी थी दादी की। दादीजी बड़ी प्यारी लगती श्याम को, कलाइयों, बाँहों और छाती की हँसुलियों पर भाँति-भाँति के चित्र-विचित्र गोदने कौतुक से देखा करता, सफेद रेशम की तरह चिकने केश सहलाने में बड़ा आनंद आता उसे। दादा के साथ दादी की

याद को जोड़नेवाला राजपरिवार का प्रसंग श्याम के जहन से कभी नहीं उतरा। जहाँ दादा राजा के वैभव का बखान करते, उनकी दानशीलता की चर्चा करते उनकी दान वत्सलता पर न्योछावर दीखते, वहीं दादीजी का स्वर तीखा होता। बड़े-बड़े बाग-बगीचे के बीच बने हुए केलि-गृहों की चर्चा करती दादी का स्वर धीमा हो जाता। लगता, उनका रोम अब भी कटंकित हो उठा हो, मानो काली पुतलियों के अंधकार से सफेद शफ्फाक कोये भी स्याह हो उठे हों! अब जब भी श्याम को यह सब स्मरण आता है, एक साथ ही दादी के लिए प्यार और दादा के लिए घृणा से भर उठता है।

थोड़ा बड़ा होने पर अनेक बातें अनायास जानने लगा था श्याम। उन दिनों शिव की श्रावणी पूजा चल रही थी। श्याम के पिता सपरिवार देवधर पूजा करने गए थे। वहीं गाँव के बहुत लोगों से सहसा साक्षात्कार हो गया था।

"काहे बबुआ, गाँव-घर बिल्कुल छोड़ दिए?" गाँव की एक वृद्धा ने कहा था।

"काम से फुरसत ही नहीं मिलती है, क्या आऊँ!" पिता ने कहा।

"तुम्हें यहाँ काम से फुरसत ही नहीं, उधर जिसनुआ खेत पथार की सारी कमाई ले के ऐश करता है दुकानदारी का हिसाब भी नहीं देता तुम्हें न?" एक वृद्ध ने उत्तर के रूप में ही प्रश्न किया था।

"नहीं देता है काका, मुझे भी फुरसत नहीं होती है। समय निकालकर जाना ही पड़ेगा, ऐसा लगता है।" पिता ने चिंता व्यक्त की थी।

"अरे बेटा, जब से भाई-भावज (श्याम की दादी) गुजरे हैं, तुम्हें देखा नहीं था। जरूर आना।" एक बूढ़ा कह उठा था।

"अरे बबुआ, तुम्हारा यह बेटा बिल्कुल बंगटू भाई पर गया है।" एक ने कहा।

"बिल्कुल वैसा ही रंग-रूप, वैसा ही लच्छन। बड़ा भाग्यवान होगा।" दूसरे ने तुरंत कहा था।

"बंगटू भाई की तरह ही एक बाली होगा," बातचीत का रुख श्याम की ओर मुड़ गया था। उन दिनों भी श्याम अपने प्रतापी, एक बाली और न जाने

क्या-क्या दादाजी से अपनी तुलना करवाना पसंद नहीं करता था। उसी स्थान पर उसे अपनी मनोहर बुआ से भेंट हुई थी। पार्वती मंदिर की परिक्रमा कर ये लोग सामनेवाले बड़े पत्थर पर बैठकर सुस्ता रही थी और श्यामा के माता-पिता पंडित से गठबंधन करवा रहे थे।

"हाय भौजी, तुम्हारा मुँह देखे कितना समय बीत गया!" कहकर जोरों से लिपट गई थी मनोहर बुआ। श्याम हक्का-बक्का खड़ा था।

"मेरे भैया, तुम्हें कैसे अपनी बहन याद नहीं आती? मैंने तुम्हारे लिए क्या-क्या नहीं मनौतियाँ कीं, सामा में फाँडमरूगी यह साध लगाई थी। तुम क्यों हमसे मुँह मोड़ बैठे ओ निर्मोही?"

बाद में माँ से पूछने पर पता चला था श्याम को, वो इसकी सगी सबसे बड़ी मनोहर बुआ थीं।

"हमारे यहाँ क्यों नहीं आती ये माँ, लगता है, कहीं शहर में ही रहती हैं।" श्याम ने बुआ के पहनावे और मोटर गाड़ी को देखकर ऐसा पूछा था।

"हाँ बेटे, रूप ही काल हो गया, सुखी-संपन्न तो है तेरी बुआ," माँ ने उसाँस खींचते हुए कहा था।

इस उत्तर का तब कोई अर्थन लगा था श्याम को, लेकिन किसी अस्वाभाविक गंध को ताड़ गया था। कोई विशेष बात अवश्य होगी, तभी तो इतना अधिक स्नेह करनेवाली बुआ छिटकी पड़ी थी।

"क्या सोच रहे हो तुम! यहाँ आते ही लगता है, बदल गए हो," सीमा अकसर उसके व्यस्त, पड़े ठंडे हाथ को प्यार से सहलाकर कहती।

"नहीं, कुछ तो नहीं हुआ, मैं तुम्हें बदला क्यों लग रहा हूँ, डार्लिंग?" भुजाओं में सीमा को सहेजते हुए श्याम मानो स्वयं बिखर जाता। यहाँ आकर उसे स्मृतियाँ इस तरह तबाह कर देंगी, समझ नहीं रहा था श्याम।

उस दिन कोई समारोह था शहर से हटकर गाँव में। दूर-दूर तक फैले खेतों के बीच बड़ी सी मछली के आकार का एक खेत-खंड गुलाबों से भरा हुआ। उससे दूर एक ऊँचा सा चार खंभों वाला मचान पक्का सीमेंट का। मचान के ऊपर झरोखे वाला एक कमरा, कमरे के चारों ओर गोल बरामदे।

"आओ भई श्याम, इसी पर चढ़कर तो रियल सीन देख सकोगे।" कमिश्नर साहब घुमावदार सीढ़ियों से चढ़कर ऊपर जाते हुए श्याम को बता रहे थे।

"देखो अब सफेद गुलाब की क्यारियाँ मछली की तरह दीखती हैं न! रीयल रोहू मछली पूछें और पंखियों के स्थान पर जो गुलाब थे, वे सूख चले हैं। पर देखो वो काला गुलाब, बीच में घिरा हुआ लाल गुलाबों से मछली की आँख, है न वंडरफुल!" जवाब नहीं था कुमार साहब के शौक का और यह मचान बना है उसे देखने को। कहते हैं गवर्नर जनरल तक प्लेन से आए थे इसको देखने। अब तो सब-का-सब खतम हो रहा है। हमें प्रिजर्व करना नहीं आता न।" कमिश्नर साहब के चेहरे पर उदासी घिर आई थी। श्याम सुन रहा था बस, कोई जवाब नहीं दे पाया था।

"एनी वे, वैसे ये जगह एक आध दिन के लिए बड़ी प्लीजेंट है। तुम अपनी वाइफ के साथ एक नाइट हाल्ट जरूर करना।" कमिश्नर साहब के होंठों पर स्नेहिल मुसकान थिरक उठी।

"थैंक्यू सर।" संक्षिप्त सा उत्तर देकर चुप हो गया श्याम।

रात को खाते वक्त सुनाया था गेस्ट हाउस के पुराने नौकर ने उस बाग में खड़े मचान का इतिहास।

"हाकिम ई कॅंज भवन बड़े कुमार साहब के चाचाजी का बनाया हुआ था। अंतकाल में यहीं रहकर भजन कीर्तन करते रहे बूढ़े महाराज साहब। कौन बात का बिसखोट हुआ, हम लोग नहीं जानते हैं। मुदा प्राण त्यागने राजमहल में नहीं गए। लहास भी यहीं जलाया गया। ऊ मचान जो है, न वो ही सारा (समाधि) है महाराज साहब का।"

"आहोऽऽ ओ! तभी गुलाब का बाग वगैरह है यहाँ?"

"जी हजूर, मालिक को फूल-पत्ती, बाग-बगीचे का बड़ा शौक था। एतने नहीं मालिक, बाद में कुमार साहब भी हरदम यहाँ आते रहे। कुमार साहब तो जानबे करते हैं हुजूर कैसे थे सो···।"

"क्यों, क्या बात थी?" कमिश्नर साहब की जिज्ञासा थी।

"कुमार साहब बड़े ऐश करनेवाले मानुस थे हुजूर, उनके सामने जो भी सुंदर लड़की पड़ जाती, उसे मँगवाकर ही छोड़ते। गुलाब बाग के माली की बेटी कमली पर उनकी नजर पड़ गई थी। हम लोगों ने लाख समझाया हजूर, कि डाइन भी सात घर छोड़कर अपना गुनबान चलाती है अपने खास अमला की बहू-बेटी को बखसिए सरकार, एक से एक परी हम लोग ला देंगे, मगर ऊ पट्ठा माना ही नहीं। लड़की थी धुन की पक्की। उसी मचान पर जसन का इंतजाम था। घास काटनेवाली बंगाली हँसुआ से गला रेत लिया उसने।" गला भर्रा आया था बूढ़े बैरे का।

"ओह-ओह, तब उन्हें पता चला होगा अपनी गलती का!" कमिश्नर साहब भी द्रवित हो गए थे। श्याम की रगों में लहू तेज-तेज दौड़ने लगा।

"कहाँ सरकार, वहाँ तो साहब से बढ़कर मोसाहेब लोग पापी थे। उन दिनों प्रेमनगर का बंगटू साहू उनका खास मोसाहेब था। कमली के मरते ही उसने कहा, "जल्दी-जल्दी हटाओ इस असगुनियाँ को, कुमार साहब का जसन भंग क़र दिया, हम दूसरा इंतजाम करते हैं।" हम लोगों को तो हुजूर काटो तो खून नहीं, कौन सा इंतजाम होगा ? सोच-सोच के परेशान हो रहे थे। मुदा बंगटू साहू भी एक ही कलेजा वाला आदमी था, अपनी ही बेटी मनौर को कुमार साहब के पास भेज दिया।" श्याम की कनपटियों के पास रक्त ठाठे मारने लगा, मानो भयंकर झंझावात में पड़ा हो! जीभ तालू से चिपक गई, चेहरा सफेद पड़ गया। लग रहा था उसे, जैसे वह दूर से आती आवाज सुन रहा हो। "क्या बात है श्याम, तुम्हारी तबीयत कुछ सुस्त लग रही है ? चलो, उठा जाए! इस बैरे ने कुमार साहब की कहानियाँ सुनाकर मेरा भी मन खट्टा कर दिया है। हर महल के नीचे एक-न-एक कहानी दफन है। खूबसूरती के पीछे कैसी-कैसी भयंकर घटनाओं का जाल है…।" कमिश्नर साहब उठकर हाथ धोने लगे। लग रहा था, श्याम भरे बाजार में बड़ी क्रूरता से नंगा किया जा रहा हो! सभी व्यंग्य से उसकी ओर देख मुसकराते हुए निकलते जा रहे हों, बंगटू साहू का पौत्र, श्याम… ! प्रतिहिंसा से भरा हुआ श्याम यह सोच-सोचकर संतुष्ट होता कि अदना सा भट्ठीवाले खानदान का, महाराज के मोसाहेब का

वंशज श्याम जिलाधिकारी है और रियासत का राजकुमार उसे 'सर' कहता है और उन्हीं संतुष्ट क्षणों में कभी राजमहल में भोज की स्वीकृति दे दी थी।

"देखो, मैं तैयार हो गई, अरे तुमने ये क्या पहन लिया है, मात्र एक साधारण शर्ट और पैंट?" गहरी लाल बनारसी साड़ी में सजी पत्नी सीमा सामने खड़ी थी।

"क्यों, क्या इस ड्रेस से मैं जिलाधिकारी नहीं रहूँगा?" भौंहें टेढ़ी कर पूछा श्याम ने।

"तुमने तो बात को ही बदल दिया, मैं तो वैसे ही कह रही थी। एक तो इतनी बड़ी पार्टी है। दूसरे राजमहल में है, इसी से कह रही थी," उदास होती हुई सीमा ने कहा।

"हूँऽऽऽ, ठीक है चलो।" श्याम के मन को यह बिल्कुल नहीं भा रहा था कि सीमा इतना सज-धजकर जाए। वैसे सीमा को सजकर रहने का कोई शौक नहीं था। वो तो श्याम ही था, जो अकसर उसे अच्छी तरह रहने को प्रेरित करता था।

पार्टी में बहुत सारे लोग आए थे, लेकिन केंद्रबिंदु तो श्याम ही था। कुमार श्रीवत्स बिछा-बिछा जा रहा था। उसकी पत्नी सीमा के पास बैठी थी और छोटी राजमाता कमिश्नर साहब की पत्नी श्रीमती सक्सेना के पास। यह बड़ा सा आयताकार हॉल था, वैभव के पुराने निशान मिट चुके थे। ऊँची-ऊँची दीवारों पर बड़े-बड़े फ्रेम में चित्र लगे थे भूतपूर्व राजाओं के। झाड़फानूस अपने स्थान पर थे, धूमिल-गँदले, अब रख-रखाव कहाँ होता था कि चमकते! श्याम बड़ा हलका महसूस कर रहा था। उसके मन में आश्वस्ति का भाव था। कपरकोट में चलनेवाली महारानी आज बंगटू साहू के पोते के साथ बैठी है, कृपाकांक्षी है। शरबत और जूस का दौर समाप्त हो गया था, सूप चलाया जा रहा था।

"अच्छा साहबानों, यह वही हॉल है, जहाँ महाराज साहब के सामने बड़े-बड़े कलाकार अपनी कला का मर्म समझा चुके हैं, नर्तकियों की रुनझुन अभी भी फिजाओं में तैर रही है। इस हॉल का ट्रेडीशन है एक-से-एक नायाब

आर्टिस्ट लाने का। सुनने में आया है, मैडम सीमा, आई मीन मिसेज श्याम साहू बहुत अच्छा गाती हैं। मैं यहाँ बैठे सभी साहबानों की ओर से उनसे अनुरोध करता हूँ कि वे गाएँ कुछ।" बिल्कुल परंपरागत अदा में कुमार श्रीवत्स बोलने लगा।

"हीयर-हीयर," कमिश्नर प्रसन्न होकर ताली बजा उठे। सीमा शरमाई सी श्याम की ओर देखने लगी। श्याम की आँखों के सामने कई लहरें आईं और गईं। सीमा अकसर पार्टियों में गाती रही है। गाती भी बहुत नायाब थी। सीमा गाने को राजी हो गई थी।

"यहाँ बैठिए मैडम, यहाँ।" एक कुरसी हॉल के बीच में लगा दी कुमार ने।

"बीच में बैठने से सब ठीक से सुन सकेंगे।" श्याम कुछ न देख रहा था, न सुन रहा था। सीमा ने आलाप लेकर गाना शुरू कर दिया था। मुसकराते हुए कुमार श्रीवत्स का सूट-बूट से सजा संपूर्ण व्यक्तित्व तिरोहित हो गया। श्याम के सामने वहाँ खड़ा था एक मदालस चिकना, घोर कामी कुमार, रेशमी अचकन में हीरे के झलमलाते कुंडल में बारि-बारिजाता हुआ। कुरसी पर बैठी बनारसी साड़ी में सजी सुंदरी सीमा के गरिमामय रूप के ऊपर छा गई गानेवाली वारांगना की आकृति, कुटिल, सम्मोहिनी! सारे बैठे हुए अफसर, नगर के गण्मान्य अतिथि दरबारी के रूप में दीख रहे थे, अदाओं पर वाहवाही करते, लारें टपकाते। श्याम की कनपटियों पर रत बजने लगा। उसे होश न रहा कि वह कहाँ है, कौन है?

"ओह, इस कुटिल कुमार ने इसीलिए बुलाया था हमें कि अपनी औकात दिखाए, हमारी असलियत याद दिलाए!" सोच रहा था श्याम।

"सीमाऽऽ चुप करो," एकाएक दहाड़ उठा वह। आगे बढ़कर जोर का चाँटा जड़ दिया पत्नी के गोरे खूबसूरत गाल पर। हाथ पकड़कर खींचता हुआ हॉल से तेजी से निकल पड़ा। सारे लोग सन्नाटे में आ गए। कुमार हतवाक् सा खड़ा रह गया। सीमा कुछ समझ ही न पाई। उसे लगा, यह पूरा-का-पूरा बिल्लौरी फानूस गिरकर टूट गया है, किर्च-किर्च बिखर गया

है और उस पर उसे लहूलुहान घसीटे लिये जा रहा है श्याम! और श्याम? बंगटू साहू के मोसाहबियत की लाश खींचे चला जा रहा था मानो! लाश, जो मुर्दे में अवस्थित बेताल की तरह चिपकी थी उसके कंधों से और वह विवश विक्रमादित्य उसे बार-बार वृक्ष से उतार लाता है।

□

15

हम नहीं सुधरेंगे!

"केने जा रही हो बहिनी ?"

"मुखियाइन काकी के घर।"

"कौनो नया बात है का ? बडी झटकारल जा रही हो ?"

"आरे, ऊ सपना एगो देखी हैं, ऊहे सुनने जा रहे हैं।"

"तब त हमहू चलब," इस प्रकार गाँव भर की औरतें मुखियाइन काकी के चैखुट्टे आँगन में जुट गईं। चटाई, पिढ़िया कम पड़ गया, तब वैले ही बैथ गईं। मुखियाइन काकी साँवली दंतुल अधेड़ स्त्री थीं। खिचड़ी केश थे, सामने के दो दाँत टूट गए थे, बाकी बचे दो दाँत ऊपरी ओंठों को ढकते हुए निचले ओठ तक पहुँचते थे। मुखियाइन सामने मोढ़ा पर बैठी थी। उसने अपना एक गाल हाथों से दबा रखा था। उसके चेहरे पर पीड़ा की साफ लकीरें देखी जा रही थीं। आँगन को निहारा मुखियाइन ने, पूरा भर चुका था। तब उसने पहले धीरे-धीरे, फिर जोर से बोलना शुरू किया—

"मुसरा के बगल वाले दुइ गो दाँत में दरद है। फिटकिरी देके कुल्ला कर लिये हैं, अउरी तनी लौंग काँचा-पाका कूट के दबा लिये, त आराम है," कराह रही थी बेचारी।

"आहा हा हा!"

"च्च्व च!"

"हे भगवान्!"

"हौ अल्ला!"

स्त्रियाँ द्रवित हो उठीं।

"जाने दो बहिनी सब, हम जो बात कहने बुलाए, वह सुनो। दरद के मारे रातभर निंदे न आया, कभी सोते, कभी जागते भोर हुआ। मालिक शहर गए हैं। बबुआ पटने में है। सब लाकडाउन में फँसल है। हमरा कौनो तरद्दुद नहिंये है। ई दँतवा उखाड़े बिना चैन नहीं। त होइते भिनुसरबा तनी आँख लग गई। त देखते हैं कि एगो करिया नाग फन काढके झूम रहा था।"

"अगे मैया,"

"बाबू हो!"

औरतें कुलबुल करने लगीं।

"लेकिन हमको जरा भी डर नहीं लगा।" नाग आदमी का बोली बोलने लगा। आगे कहा, "डरो मत कानी, तुम लोग को एक बात बताने आए हैं। तुम्हारे गाँव के बगल से इस्टेट हाइवे जाता है न?"

"हम मूडी हाँ मे डोलाए।"

नाग देवता बोले, "त केतना पाकड बड पीपर जामुन कटहल का अजोध पेड़ सब काट के गिराया। हमरा कुल परिवार, हमरा भच्छ चिड़ई-चुरमुन को पकड़कर मार दिया।"

"ई अन्याय बाबा से न देखा गया। जटाजूट पर रहनेवाले हम भी दुःखी थे। भोला बाबा को गुस्सा आ रहा था। कहीं तेसर की आँख न खुल जाए, यह सोचकर मैया पार्वती आगे बढ़ के बोलीं, "हे महादेव, आपके हाथ में संहार का और तरीका भी तो है। हम मनसा बेटी की बेटी कोरोना को भेज देते हैं पिरथी पर, सजा देने के लिए। भोला बाबा मैया की न सुनें, यह कभी होता है क्या? चटपट तैयार हो गए और उनको भेज दिया तबाही मचाने। अब मार ऊ किए हैं तो सम्हार भी वही करेंगे। सो मैया पाँचों गन को भेजी हैं पिरथी पर। हम नंदी मूस और मोर तो हैं ही, बाघ भाई को माया से गैया बनाकर भेजे हैं समझाने। तू लोग सनिच्चर के परती खेत के खुरपी से कोडऽ, तब नौ गो लड्डू, नौ गो बतासा, नौ गो अड़हुल फूल आ नौ गो लौंग लेके पूजा करै जा

लोग। अउर कहिहऽ, जै कोरोना माई, आब आपन क्रोध शांत करऽ।"

"अतना कहि के ऊ अंतर्धान हो गेल।" सब औरतें एक-दूसरे का मुँह देखने लगीं।

"क्या मुँह देखती हो? जाओ पूजा करो।"

सभी उठीं, अब औरतों के हाथ मे खुरपी है, झोली में लड्डू, बताशे, लौंग हैं, कोई मास्क, सैनिटाइजर नहीं।

"जय कोरोना माई!!"

□

16

विडंबना

सौ नंबर मकान का अहाता लगभग 1 एकड़ का है। उसके ठीक बीचोबीच विशाल मकान अवस्थित है। पहले उसके सामने बड़ा सा लॉन था। लॉन में क्यारियाँ थीं, क्यारियों में रंग-बिरंगे फूल थे। धरती से सटे पैंजी के फूल भाँति-भाँति के, डालिया के पौधे, हॉलिहॉक्स के सतर फूलों से भरे गाछ, गमलों में गुलदाउदी तथा लक्ष्मण बूटी। पीछे आम, अमरूद के पेड़, करौंदे की झाड़ बेर और शहतूत। दरअसल मकान के ऊपरी हिस्से का दो कमरा किराएदार को दे दिया था। किराएदार केरल के दंपती थे। उन्होंने एक स्कूल निकट के किसी मकान में खोल रखा था। इस मकान में छात्रावास बना रखा था। छात्रावास में सभी ग्रामीण छात्र-छात्राएँ आते थे। पहले दिन सारे बच्चे झबरे बालों वाले तेल चुपड़े आते; लड़कियाँ काजल, बिंदी और कलाई भर काँच की चूड़ियाँ पहले आतीं। छह माह के बाद बच्चों के अभिभावक झटके से उन्हें पहचान भी न पाते। बाल प्राय: करीने से कटे-छँटे होते, चूड़ियाँ, नेलपॉलिश, काजल, बिंदी नदारद होते। प्रतिदिन सुबह और रात ब्रश करने की आदत बन गई होती, सो चमचमाते दाँत होते।

अकसर बच्चे मगही, भोजपुरी और मैथिली बोलना ही जानते, पर छह माह में वे हिंदी बोलने लगते, अंग्रेजी के कुछ शब्दों से भी उनका परिचय हो चुका होता। छह माह से लेकर साल भर बच्चे छात्रावास में ही पढ़ते-सीखते, बाद में उनके स्कूल जाने लगते। अभिभावकों को बच्चों का विकास देखकर

आश्चर्य मिश्रित संतोष होता। कुछ बच्चे, जो ग्रामीण निर्धन होते, उन्हें स्कूल के संचालक ने मात्र शिक्षा देने लाया होता, उनसे इन्हें किसी प्रकार की फीस नहीं मिलती। परंतु जब वे बच्चे गाँव जाते, तब उसके बदले हुए रूप और संस्कार देख संपन्न लोगों को धक्का लगता। कुछ परिवार अपने बच्चों को उस स्कूल में दाखिल करने को उत्सुक हुए। पर उन्हें यूँ ही नहीं रखा गया, बल्कि उनसे मोटी फीस ली गई।

विनीता और संगीता वैसी ही किसी मोटी फीसवाले असामी की बच्चियाँ थीं। दस और बारह साल की इन बच्चियों को अक्षर-ज्ञान तो था, ही अन्य तरीकों से अनभिज्ञ भी नहीं थीं। ये राज्य के एक मंत्रीजी की बेटियाँ थीं। मंत्रीजी दो बार विधायक रह चुके थे। गाँव में पक्का घर और पक्के शौचालय बन गए थे। दो बेटों को उन्होंने साथ रखकर स्कूल भेजना शुरू कर दिया था, पर बेटियों को गाँव के स्कूल में ही पढ़ाया। गाँव में अव्वल तो किसी स्कूल में बच्चे रुटीन के अनुसार पढ़ नहीं पाते; फिर अगर पढ़ भी लेते तो घर में कोई बतानेवाला न होता। मास्टरजी पहाड़ा रटने को छोड़ कुरसी पर खर्राटे लेने लगते। बच्चों को पढ़ने की रुचि नहीं जागती। इधर एम.ए. पास मंत्रीजी अपने कुछ मित्रों के परिवार की लड़कियों को देख मन-ही-मन अपने बेटियों के लिए भी यह कल्पना करने लगे। तभी उन्हें इस आवासीय शिक्षण केंद्र का पता चला। लड़कियाँ हिंदी बोलना नहीं जानती थीं, न ही वे ठीक से केरल कन्या की हिंदी समझ पातीं, ऐसे में उसने मुझे बुला भेजा आदर सहित। मैं लगभग एक हफ्ते तक उनके बीच सहर्ष दुभाषिया बनी रही। लगभग दो वर्ष वे लड़कियाँ वहाँ रहीं। उनमें आमूलचूल परिवर्तन आ गया था। अब वे लाल हरे चटक फूलोंवाली कुरती-सलवार में नहीं, बल्कि नीले स्कर्ट में रहतीं। तेल से चिपकी चोटियाँ नहीं, बल्कि शैंपू से धुले लहराते घनेरे केश थे। वे 'हाय' और 'बाय' करना सीख गई थीं। इन दो वर्षों में मैं भी वहाँ से चली आई थी।

वर्षों बीत गए। सरकारें जनसंत्र में बदलती रहती हैं। जिनको जनादेश प्राप्त होता है, वे ही सत्ता पर काबिज होते हैं। कई बार के विधायक, दो बार मंत्री बने संगीता-विनीता के पिता ने अकूत संपत्ति अर्जित कर ली, पर जनता

ने और मौका न दिया। तब तक संगीता, विनीता स्कूल पास कर चुकी थीं। दोनों बहनें अंग्रेजी जीभ ऐंठकर बोलना सीख गई थी, जिसे देख मन-ही-मन मंत्रीजी आनंदित होते। दोनों बहनों का ब्याह धनाढ्य लड़कों से हो गया। शहरी धनाढ्य व्यापारी। मंत्रीजी के चोर धन को छुपाने के सौ जतन करनेवाले। मैं संगीता के विवाह में गई थी, विनीता के विवाह के समय नहीं थी।

चूँकि हमारा तथा मंत्रीजी का कार्यक्षेत्र अलग था, सो मिलना-जुलना संभव ही नहीं था। जीवन में कई प्रकार के लोगों से भेंट-मुलाकात होती है, सब अपने-अपने रास्ते चले जाते हैं। रह जाती है यादें। कोई प्रसंग उठ जाता है, तब पुनः देखने की कसक उठती है। मंत्रीजी वगैरह पर तरह-तरह के केस-मुकदमे चलते रहते हैं और कुछ दिनों की अखबारी सुर्खियाँ बटोर अकसर अपनी मौत मर जाते हैं। उन मंत्रीजी पर भी छींटाकशी हुई, पर तुरंत ही दब गई बात।

एक दिन एक पड़ोसी युवक मुझसे मिलने आया और एक स्कूल के पुरस्कार वितरण करने को चलने का आग्रह करने लगा। शहर में बड़े-बड़े स्कूल खुल गए थे। राष्ट्रीय-अंतरराष्ट्रीय डिग्री बाँटनेवाले स्कूल। भव्य बिल्डिंगें, ए.सी. बसें। इस गरीब प्रदेश में जहाँ बच्चे हर कूड़ेदान पर कूड़ा बीनते नजर आते, वहाँ ए.सी. बस में लदकर ए.सी. क्लास रूम में बच्चे पढ़ते हैं। जहाँ स्कूल-कॉलेजों में शिक्षकों का अकाल है, वहाँ सजी-धजी शिक्षिकाएँ और सजीले नवयुवकों की भरमार है। ऐसे ही स्कूल में चलने की पेशकश कर रहा था, बाजू वाले घर का नवयुवक। वह नवयुवक, जिस स्कूल का ड्रिल मास्टर था, वह भव्य था। चारों ओर हरा-भरा मैदान था, फूलों से लदे वृक्ष, लताएँ, पौधे थे। छोटा सा कमल फूल का यह बच्चा था। मुख्य मार्ग पर लड़कियाँ एक ही रंग की साड़ी पहन खड़ी थीं। फूलों भरी लचीली शाख सी लड़कियाँ। हाथों में फूलों की पंखुड़ियाँ लिये मुझ पर वारतीं मुख्य दरवाजे पर टीका अछत और आरती का प्रबंध था। मैं गुलाब की पंखुड़ियों की खुशबू में सराबोर एस्कोर्ट कर निदेशक के कमरे में पहुँचा दी गई। भव्य कमरा था। खूबसूरत सोफा सेट कीमती कालीन पर रखा था। नाश्ते-चाय का इंतजाम भी वैसा ही नायाब!

निदेशक महोदया लंबी गुदगुदी सी खूबसूरत शख्सियतवाली थीं। उनके कटे आधुनिक केश गरदन के दोनों ओर बिखरे थे। स्लीवलेस ब्लाउज और शानदार शिफॉन साड़ी में सजी बेलौस सी थीं। अपने सहयोगियों से अंग्रेजी और मुझसे हिंदी में बातें करती, वो हौले-हौले मुसकरा रही थीं। स्कूल के कार्यक्रम पुरस्कार वितरण के बाद उन्होंने मुझसे लंच करने का आग्रह किया। मैं उनकी मेहमान थी, मेजबान का जादू मुझ पर चल गया था।

लंच के समय डायरेक्टर ने हौले से मुझसे पूछा, "मैम, आपने मुझे नहीं पहचाना, मैं संगीता हूँ।" मैंने क्षणांश लिया सोचने में, फिर पहचान गई।

"मैम, मैंने सोचा, बच्चों को शिक्षा देने, सही राह दिखलाने से बड़ा कोई पुण्य कार्य नहीं। सो स्कूल खोल लिया।" उसने विस्तार से स्कूल खोलने की प्रक्रिया, भारी रकम खर्च कर फ्रेंचायजी लेने की प्रक्रिया का वर्णन किया। मैं सुनती रही। मैं सुनती रही कि उसने मुझे याद किया कि कभी मैंने उसकी शिक्षा आसान कर दी थी। उसी की ए.सी. गाड़ी में लौटती हुई सोच रही थी कि वह एक गँवई लड़की थी, जिसे केरल से आनेवाली सेवाभावी शिक्षिका मनुष्य बना रही थी, नागर बना रही थी, परंतु इसका ध्यान गाँव की ओर नहीं गया। इसने चौगुने फीसवाला भव्य शिक्षा केंद्र खोल लिया है, जो तिजोरी भर सके। इसने बखूबी शिक्षा का व्यापर करना सीख लिया है। यही विडंबना है।

□

17
सफेद पुतली

(दोनों तरफ की हरियाली और विशाल अटलांटिक महासागर के किनारे बसा यह महान् आधुनिक महानगर मेरी कहानी नहीं कह पाएगा, क्योंकि मैं एक नहीं, अनेक रूहों में मिलूँगी यहाँ। यह कहानी तो मैं ही कहूँगी निर्वैयक्तिक होकर, असंपृक्त सी। बकुल की कहानी, बकुल एक दबी दूब की नोंक सी।)

"तुम अब सीधे मुंबई उतरोगी सारा, वहाँ नानी माँ तुम्हें लेने पहुँच चुकी होंगी। डरना मत बेटा।" बकुल ने भारी-भारी आँखों से निहारते हुए सारा के जैकेट की चेन गले तक खींच दी। खास ठंड नहीं थी, फिर भी उसे लगा रहा था कि भारत से आई बिटिया को यहाँ की हवा तीखी लग रही होगी। सारा अपने रुलाई का वेग सायास रोककर खड़ी थी। बकुल चाहती थी कि समय यहाँ ठहर जाए, बर्फ की तरह जम जाए, माँ के बिटिया के गाल सहलाते हाथ थम जाएँ, युगांतर पार करते और सारा चाह रही थी जल्दी माँ से ओझल हो जाए, अब बरदाश्त के बाहर हो रहा है, गले से रुलाई का वेग बाहर आना ही चाहता था। विलग तो होना ही था। सारा एयरपोर्ट के अंदर चली गई। बकुल यूँ ही टहलती हुई बाहर सोचती रही। थक-हारकार एक अकेली कुरसी पर बैठ गई। न्यूयॉर्क एयरपोर्ट पर यात्रियों की सदा की भाँति रेलम-पेल थी। इन सब से अनभिज्ञ बकुल अपने आप में डूबी हुई थी। सारा तीन साल की थी,

तभी इसे यहाँ एक अच्छी सी नौकरी लग गई, सचिन की नहीं लगी थी, पर वह भी कोशिश कर रहा था। बकुल का सपना था कि वह अमेरिका जाए। एक बार और उसे स्कॉलरशिप पर पढ़ने के लिए अमेरिका आने का अवसर नहीं मिला था, पारिवारिक कारणों से आ नहीं पाई थी। बकुल दो बहनें थीं, पलाश दीदी बड़ी थीं। अकसर कॉलेज से आने पर बकुल माँ की आँखें पोंछती और पलाश दीदी को तेज-तेज बोलते सुनती। समझती कुछ नहीं। माँ कम बोलने वाली थीं, पलाश दीदी से फिर भी बात होती, बकुल से बिल्कुल नहीं। मात्र जरूरत की बातें होतीं, वह भी अधिकतर पलाश दीदी के माध्यम से। पलाश दीदी बकुल से छह साल बड़ी थीं। उन्होंने एम.ए. पास कर लिया था और एक हाई स्कूल में पढ़ाने लगी थीं। पापा का एक पुश्तैनी मकान था अशोक नगर मुहल्ले में, पर छोटा सा। पापा ने उस मकान की मरम्मत करा दी और एक कमरा छत पर बना दिया था। मकान में पहले दो कमरे, एक बैठक थी, आँगन और सामने बरामदा था। बरामदे के सामने थोड़ी जमीन थी, जिसमें फूलों के पौधे लगे थे। माँ ने कच्चे आँगन के एक भाग में भिंडी, बैंगन तथा सेम, लौकी की लतरें लगा रखी थीं।

हाथवाली सिलाई मशीन पर माँ लगी रहतीं। छोटे-छोटे कटपीसेज लाकर बकुल के लिए खूबसूरत फ्राकें सिलती, बकुल वह सब पहन-पहनकर इतराती फिरती। अच्छी टेलर होने के बावजूद वह किसी के लिए कपड़ा सिलती नहीं। उन दिनों इस तरह का चलन भी नहीं था। छोटे-मोटे अधिकारी की पत्नियाँ उनकी साख बचाने की जी-तोड़ परिश्रम करतीं। पलाश दीदी के एम.ए. करने और बी.एड करने के दौरान ही उनकी एक लड़कियों के आवासीय विद्यालय में नौकरी लग गई। स्कूल को छात्रावास में रहनेवाली एक शिक्षिका की जरूरत थी, पलाश दीदी तो थी हीं। उनके जाने के बाद पिता ने खासा गर्जन-तर्जन किया था। कुछ वाक्य बकुल को आज भी याद है—"उसकी शादी करनी है, वो स्कूल में नौकरी करने लगी है, यहाँ तक तो ठीक है, घर छोड़कर वहीं रहने लगी है, लोग क्या कहेंगे? बाप के पास बेटी को पालने का पैसा नहीं है, बेटी की कमाई खाता है!" गुस्से से पैर पटक रहे थे पापा।

"स्कूल में पढ़ाना अच्छी बात ही तो है।" माँ ने दबी आवाज में कहा।

"घर छोड़ जाना?" पिता थे।

"वह लड़कियों का होस्टल है, यहीं शहर में है, जाकर देख आइए।" माँ ने फिर कहा।

"हो आऊँ? उस सिरफिरी लड़की ने सब के सामने मेरी इज्जत उतार दी तो?" पिता की आवाज धीमी पड़ रही थी। माँ भी चुप होकर उन्हें खिलाने में जुट गईं। मैं मूकदर्शक रहती थी, ऐसे सभी मौकों पर। अब मैं नवीं कक्षा में थी, बहुत कुछ समझ में आने लगा था। पलाश दीदी का पापा पर गुस्सा समझ में आने लगा था, माँ की विवशता समझ में नहीं आई थी। मैट्रिकुलेशन आते-आते दीदी की शादी देखने का मौका मेरे लिए वीभत्स रूप धारण कर समक्ष खड़ा था। मेरी मौसेरी बहन की शादी में जो बारात आई थीं, उसमें एक सुदर्शन युवक, जो एयरफोर्स में था, उसे दीदी पसंद आ गई थी। उसने दीदी से खूब बातें कीं, दीदी को भी वह अच्छा लगा था। युवक की माँ ने मेरी माँ और मौसी से दीदी का हाथ माँग लिया था। पिता बहुत प्रसन्न हुए। घर में हँसी-खुशी का माहौल बहुत दिनों बाद देखा। माँ गर्व से दीप्त लग रही थीं। उनके नाक की चिकनी गोल लौंग चमक रही थी, उनका चिकना गोरा चेहरा गुलाबी लग रहा था।

"दामाद बड़ा ऊँचा सजीला मिला है।" पापा खुश थे।

"मेरी बेटी की लंबाई और पढ़ाई पर ही रीझे वे लोग, वरना एक से एक सजी-धजी सुंदर लड़कियाँ थीं।" माँ थी।

"अपने पापा पर गई है, ऊँची-लंबी, पलाश सी सीधी सतर, तुम्हारी तरह ठिगनी है न यह बकुल, हाँ, गोरी तुम्हारी सी है।" पापा ने स्नेह से मेरी ओर और राग से माँ की ओर निहारा। माँ शरसा गई थी। शादी खुशी-खुशी बीत जाती, यदि पापा ने एक किशोर को न लाकर खड़ा कर दिया होता, जो भाई की विधि पूरा करने आया था। दीदी ने कहा, "यह कौन है? मैं इसे नहीं पहचानती! यह क्यों मेरे हल्दी मटकोर में रहेगा। मौसी का बेटा है न!"

"बताओ न इसे पलाश की माँ, कि अपना सगा भाई होते हुए मौसेरे भाई

से क्यों विधि करवाएगी?" माँ आँखों में आँसू भर चुप थी। दीदी पीली साड़ी पहने निराभरण देवी सी उमग्र बैठी थी। मुझे कुछ समझ में आ रहा था। हुआ वही, जो दीदी चाहती थी। बहुत उदास कर गया उसका जाना। उदासी घर में भी पसर गई। माँ के उस घर में, जहाँ पिता आवाजाही करते रहते थे, उसमें पिता अपनी दूसरी पत्नी और किशोर बेटे को ले आए। कॉलेज के होस्टल में मैं आ गई। माँ अपने घर में मानसिक क्लेश सहती बेगानी हो गईं। मेरे होस्टल का खर्च पापा ही देते, माँ उनसे कुछ न लेती। अपना खाना खुद ही पकाती। उन्होंने घर बैठे फ्राक और ब्लाउज सिलकर रुपए कमाने शुरू कर दिए थे। पापा नाराज रहते, नई माँ व्यंग्य बाण चलाती रहती। माँ के कमरे में ही मुहल्ले की बच्चियाँ और बहू जी लोग आतीं, वो कहीं नहीं जा पाती। कलह से माँ दूर भागती। उसकी इच्छा थी कि वह घर छोड़कर चली जाए, लेकिन वह तो नाना ने दिया था, सो उस पर उसी का अधिकार था। बहनों ने कह रखा था कि घर से न निकलना। निकलेगी तो जैसे दूसरी ने तुम्हारे जीवनसाथी पर अधिकार कर लिया है, वैसे ही घर पर भी कर लेगी। माँ पसोपेश में पड़ी थी। एक ही घर में रहती हुई माँ अकेली थी, अजनबी सी। बड़ी मौसी बहुत ठसक से आती और कुरसी लगाकर बरामदे में बैठ जाती, जोर-जोर से घर बनने की कहानी कहती। यह भी कहती कि यह घर बेच ले माँ और दूसरी ओर खरीद ले। पापा, नई माँ को चुप होकर सुनते, कुछ बोलते नहीं, डरे जरूर रहते। मौसी दबंग थी। एक दिन सुना-सुनाकर माँ से कहा, "माया, चल थाने, कम-से-कम खबर तो कर दूँ कि घर में अनचाहे लोग घुसे पड़े हैं, तेरी जान को खतरा है। यदि कुछ हुआ तो इनको पहले पकड़ लिया जाए।"

"अरे जीजी, थाना जाना ठीक नहीं, पलाश के पापाजी की नौकरी चली जाएगी।" माँ हड़बड़ाकर बोली थी।

"तुझको बड़ा लाड़ आ रहा है! नौकरी की चिंता इनको न करनी चाहिए!" मौसी हँस देती, उनकी मंशा सिर्फ डराने-धमकाने की रहती। ससुराल जाने के बाद पलाश दी कभी नहीं आईं। उसने सुन लिया था कि पापा अपने नए कुनबे के साथ माँ के घर आ गए हैं। अजीब स्थिति थी, घर माँ का था, मालिक पापा

बने बैठे थे! बकुल की बी.ए. ऑनर्स की परीक्षा हो चुकी थी। पलाश दीदी ने पत्र लिखा था कि वह परीक्षा के बाद माँ के साथ उसके घर लखनऊ आए छुट्टी बिताने। माँ तो नहीं गई, पर बड़ी मौसी ने बकुल को अपने एक स्टाफ के साथ जरूर भेज दिया था। बकुल ने लखनऊ पहुँचकर जाना कि पलाश माँ बननेवाली है। इतना तो वह जानती थी कि पलाश कैसे अकेली अपने आप को सँभालेगी? उसकी सास अपने दूसरे बेटे के पास अमेरिका गई थी। बकुल मन-ही-मन माँ पर चिढ़ रही थी कि वह क्यों घर पकड़कर बैठी रहती है? उसने तुरंत एक चिट्ठी लिखी मौसी को कि दीदी माँ बननेवाली है, ऐसे में उन्हें आना चाहिए। पत्र काम कर गया था। माँ एक हफ्ते के अंदर आ गई।

एयरपोर्ट पर यहाँ न्यूयॉर्क में बैठी बकुल अपने देश पहुँच गई थी। उसे भान ही नहीं था कि वह कहाँ बैठी है? भीड़ और गहमागहमी बढ़ गई थी, तब पता चला कि प्लेन तो कब का अपने गंतव्य की ओर उड़ चला है! बेटी सारा फिर नानी के पास लौट गई है। भारी कदमों से उठी और अपनी कार की ओर बढ़ी।

लखनऊ के वे दिन सबसे सुंदर, सबसे खुशनुमा दिन थे। दीदी की सास का भी अमेरिका से फोन आया था, वो माँ को धन्यवाद दे रही थीं। पलाश दीदी का घर अपना सा लगा, जबकि अपना घर बेगाना लगता है। पलाश दीदी ने पुत्र को जन्म दिया। माँ उसे नहलाती-धुलाती, मालिश करती मगन रहती। एक दिन बच्चे को सुलाकर उसने लंबी साँस ली और कहा, "अब तो कोई मुझे यह नहीं कहेगा कि तेरी पेट जाई भी पुत्र न जनेगी!" दीदी चौंक गई। उसको बेहद क्रोध हो आया।

"कौन ऐसा कहता है माँ? आप सुनती कैसे हैं?"

"कहेगा कौन? तेरे पिता ने इसीलिए न शादी की?"

"उस औरत को बेटा जनमेगा, यह उन्हें कैसे पता था माँ? आप उनकी लंपट प्रवृत्ति पर परदा न डालिए।" दीदी देर तक क्रोधित रहीं। साथ ही माँ को कहा कि उस इनसान और उसकी बीवी-बच्चों को घर से निकालिए, वरना मैं केस कर दूँगी कि सरकारी नौकरी में होते हुए दूसरी शादी कर ली। माँ सहम

गई थीं। सहम बकुल भी गई थी। वह बिल्कुल अपनी माँ पर गई थी, अंतर्मुखी, दब्बू सी और पलाश दीदी बड़ी मौसी सी। बकुल का रिजल्ट आ गया था, उसने प्रथम स्थान प्राप्त किया था ऑनर्स में और एम.ए. में आदर तथा स्कॉलरशिप के साथ आ गई। होस्टल बदल गया। स्थिति अब भी वैसी ही थी। बकुल ने एम.ए. भी प्रथम श्रेणी में प्रथम होकर पास किया। पलाश ने इसके लिए स्वयं के रिश्तेदारी में ही एक बैंक अधिकारी लड़का ढूँढ़ लिया था। ऐसी रूप-गुण संपन्न लड़की से कौन लड़का विवाह न करना चाहेगा? उधर पिता की दूसरी पत्नी का पुत्र ठीक से पढ़-लिख ही न पाया। माँ अधिकतर बेटियों के यहाँ रहने लगी। उनके घर में कलह बहुत था।

अब बैंक या कॉरपोरेटर की दुनिया में कंप्यूटर का चलन बढ़ गया था। पलाश के पति राजन उसके जानकार थे। उनका मन कैसा चंचल था, उन्होंने विदेश जाने का सपना देखा, जो शीघ्र ही पूरा हो गया। सारा का जन्म हो चुका था। सारा नानी से बहुत जुड़ी हुई थी। राजन ने बकुल को समझाया कि सारा नानी के पास ही रहे, ताकि उनको अकेलापन न लगे और सारा भी अपनी जमीन की पढ़ाई कर लेगी। राजन ने समझाया कि हम कुछ दिनों में लौटकर चले आएँगे। सारा खुशी-खुशी नानी के साथ रह गई, बकुल अपने पति राजन के साथ न्यूयॉर्क चली गई। दोनों काम में लगे रहते। मुलाकात भी तो वीकेंड वाली हो गई। अर्थ संग्रह का यह दंड कि जीवन मशीन होकर रह गया।

बकुल शोध कार्य में लग गई थी, राजन् अच्छी बड़ी फर्म में थे। सारा नानी के साथ मगन थी। वहाँ एक ऐसी दुर्घटना हुई, जिससे बकुल रोए या चुप रहे, समझ में न आता। एक दिन नई माँ का बेटा घर में शराब पीकर आया था। पापा से बहस हो गई, पापा उसे मारने दौड़े और गिर पड़े। गिरे तो उठे नहीं। पापा के नहीं रहने के तुरंत बाद नई माँ ने घर छोड़ दिया। लड़का तो पहले ही डर के मारे कहीं फरार हो गया था। मौसी के सहयोग से माँ ने पूरा घर नए सिरे से बना लिया। अब वहाँ मात्र सारा और नानी थीं। पलाश अकसर आती-जाती रहती। उन्हें दो बड़े-बड़े बच्चे थे। सारा भी तो बड़ी हो रही थी। बकुल काम और कमाने में इतनी मशगूल थी कि दीन-दुनिया का होश नहीं रहा। वह

गर्भवती हो गई। राजन के बहुत कहने पर उसने गर्भपात करवा लिया। राजन का तर्क था कि विकास के लिए बच्चे बाधा होते हैं। बकुल ने चुपचाप उसका तर्क मान लिया। घर जब लौटती तो बहुत सूना लगता। बिहार के भीड़ भरे स्थान की लड़की एकाकी रह गई थी। कहीं क्लब, बार और मॉल घूमने का मन नहीं मानता इसका। पर प्रतिकार न कर पाती। ऐसे ही समय राजन के अफेयर के विषय में पता चला बकुल को। इसने पूछा कि यह सब क्या है? राजन ने कंधे उचकाकर कहा कि उसे बकुल के साथ रहना कतई अच्छा नहीं लगता।

"मुझे लगा था कि तुम पलाश भाभी जैसी होगी, पर बिल्कुल उनसे अलग हो, लुंज-पुंज, सफेद पुतली।" क्या बकने लगा राजन, आज 15 साल बाद इसे बकुल से शिकायत हो गई! इसके गले में रुलाई का आवेग था, पर न फूटकर निकल पा रहा था, न शमन हो रहा था। कुछ दिन हुए जब उसने बड़े प्यार से, मुनहार से गर्भपात करवा दिया था। कोई पैंतरा जान पड़ता है। कहीं यह किसी और स्त्री के चक्कर में तो नहीं? इसकी माँ का इतिहास दुहराया जा रहा है। बकुल अपनी माँ की भाँति चुप बैठ जाएगी क्या? ऐसा संभव नहीं है। ऐसे ही समय सारा को बुला लिया। इसे लगा बेटी के आ जाने से घर में रौनक आ जाएगी, राजन के और इसके बीच की मोनोटोनी टूटेगी। पर यह तो उलटे वार करने लगा। बकुल ने सारा को फिर नानी के पास ही भेज दिया और अब दृढ़ निश्चय के साथ लौट रही है। अभी ही यहाँ की बड़ी फैमिली कोर्ट की एडवोकेट अनुजा बेंजामिन से मिलती जाएगी। यह स्वयं अलग होना चाहती है राजन से। अपने पापा की तरह नहीं झेलेगी, अपनी माँ नहीं बनेगी; न पलाश दीदी से सहायता लेगी। वह अपने पैरों पर खड़ी है, इसे कुछ नहीं चाहिए, लेकिन सारा को चाहिए। उसका पूरा हक है।

इसके साथ चलनेवाले काले घटाटोप मेघ बरसने को आकुल हैं। एडवोकेट अनुजा बेंजामिन का घर आ गया है। गाड़ी उसकी पोर्च में खड़ी कर बकुल आगे बढ़ गई।

□□□